王旭烽 著

平湖秋月

图书在版编目（CIP）数据

平湖秋月/王旭烽著.—杭州：浙江文艺出版社，2024.6
 ISBN 978-7-5339-7548-7

Ⅰ.①平… Ⅱ.①王… Ⅲ.①中篇小说—中国—当代 Ⅳ.①I247.5

中国国家版本馆CIP数据核字（2024）第059721号

策划统筹	王晓乐	版式设计	徐然然
责任编辑	詹雯婷	营销编辑	张恩惠　詹雯婷
责任校对	萧 燕	数字编辑	姜梦冉　诸婧琦
责任印制	吴春娟		

平湖秋月

王旭烽 著

出版	浙江文艺出版社
地址	杭州市环城北路177号
邮编	310006
电话	0571-85176953（总编办）
	0571-85152727（市场部）
制版	浙江新华图文制作有限公司
印刷	浙江新华印刷技术有限公司
开本	889毫米×1260毫米　1/64
字数	55千字
印张	2.875
版次	2024年6月第1版
印次	2024年6月第1次印刷
书号	ISBN 978-7-5339-7548-7
定价	29.80元

版权所有　侵权必究

平湖秋月 二我轩照相馆 摄于1911年

写在前面

1995年，我在浙江省文联工作，地点离西湖断桥很近。闻说断桥要断，赶去看时发现人群多挤在桥边担心，就想：断桥若真断了，许仙和白娘子怎么相会呢？因此触发了"西湖十景"第一部小说《断桥残雪》的创作动机。以后一年一部中篇，在双月刊文学杂志上发表，七部以后，开始两年一部，十三年后终于全部完成。

首先，这十部小说是十个爱情故事，红男

绿女，芳魂缭绕——《白蛇传》《梁祝》《李慧娘》，本来在西湖边发生的故事几乎就都是关于爱情的；其次，我企图在每部小说背后呈现一个杭州的文化符号，是看得见、摸得着的人文载体，比如荷花、古琴、金鱼、经卷、景观、花叶、印刻、书法、美术、工艺、戏剧等。最后，仅仅有文化事象不行，还要有哲理思考。比如《断桥残雪》里有关等待的意义；《平湖秋月》中当代社会精神与物质世界的审美对立，等等，它们通过十景中的意境一一传递。比如《三潭印月》，只有当你看出圆月是一滴饱满的、金黄色的、温暖的眼泪时，你的西湖边的人性解读方告开始。

　　十多年过去，小说曾经在高校成为线下课

程，也成为线上网课，被制成录像，也曾录成音频，拍成电影，成为行为艺术、实验文本。小说曾经作为整部形态问世，后又作为分册出版。我的朋友，曾任《江南》杂志主编的袁敏，作为被出版界盛赞的金牌编辑，提出这十部中篇应该构成分册型的整体，小巧而精致，知性且优雅，对她的观点我深以为然，且将其作为"西湖梦想"之一。

浙江文艺出版社的青年姑娘编辑们，终于编撰完成了一串美丽花环般的文字。果然就是部梦想读物，仿佛轻奢的生活艺术品，封面，册页背后、底下、上面及周边的无形与有形的文字花朵，如湖边的二月兰一般，突然就绕着故事草长莺飞，喧哗起来。于是，这些书册读物藤蔓一般地延展开去，小精灵一样地从书房间、地铁里、休闲吧中探出头来，参与着今天的杭州往事、西湖传说。

从故事里叠出故事的"西湖十景"，让我恍惚地想：她究竟是我写的故事，还是从我写的故事里生出来的故事呢……

       王旭烽　2024年4月28日

目录

平湖秋月 /001

怀才抱器,人琴俱杳
  ——《平湖秋月》琴操记弦 /149

附录
  徐文长妙写藏头诗 /165

四十岁以后，徐白渐渐发现，夜晚不再是夜晚了。不是因为越来越多的霓虹灯把整个夜西湖的前半夜照得如同一幅假画——关于外部世界的明亮与幽暗，徐白可以做到不置可否。

有一段时间报纸上对于这个问题讨论得比较激烈，连徐白那个在歌舞团长久地跳着女主角的妻子红路也卷了进去。吃饭的时候，她固执地要与徐白讨论西湖该不该亮起来的问题

平湖秋月　吴国方　摄于1986年

西湖的亮灯工程,为三潭印月、湖心亭、阮公墩以及沿湖建筑装上千万只彩灯,勾画出夜色中西湖的堤、桥、塔轮廓线,使西湖更显窈窕妩媚。

——徐白不想在这些问题上费脑筋，他一边洗碗一边说："上帝说要有光，于是便有了光。"

红路从来没有读过《圣经》，她可不知道徐白引用的这句话来自《圣经》的第一章第一段。但红路很聪明，很会"接口令"，立刻就移花接木地回答："什么上帝，还不是钱，钱说西湖的夜里要亮起来，于是便亮起来了。"

徐白没有再回答，就进了里屋。红路就在外面叫着："徐白，徐白，你怎么不说话？明日报社要请我去参加专题讨论的，你给我定个调子。"

红路是社会名流，是经常要被这样请来请去的。但红路多年来崇拜她的这个不是社会名流的丈夫徐白，红路的对外发言，常常是要徐白定调子的。

徐白一边抚擦着他的那把梅花式古琴,一边说:"你爱说什么就说什么吧,这是旅游业,我没什么可说的。今晚琴社要聚会,你可别再吵我,我得调琴。"

这么说着的时候,里屋就叮叮当当地传来了调琴声,一会儿,琴声起,是毛敏仲的《渔歌》。此曲极为琴家赞誉,写的也正是琴家一直向往的那一份出世脱俗的古意,其中多有渔民摇橹时的"欸乃"之声。为这一声"欸乃",徐白和他的父亲没少切磋。红路是搞舞蹈的,对音乐的这点鉴赏自然会有。便一边听一边思忖,实在是太散淡了,太散淡了。小小寰球,还有几个如我的先生一般的渔夫在"欸乃"个没完!

虽说是物以稀为贵，毕竟太散淡了。她摇着头，就走进了小客厅，她要去看新闻联播了。

夜晚不再是夜晚了，徐白不再"欸乃"。他几乎已有半年没有摸琴。三十而立的时候，他是弹着琴把新娘红路引入洞房的，他弹的是《凤求凰》。而今四十不惑了，他什么也不弹，他到处请客吃饭打躬作揖，腰间借来的BP机和手里的大哥大一起乱响，回到家中酒气冲天饱嗝齐鸣。有时他那住在平湖秋月旁的父亲手里拎着一把古琴来了，洗手焚香，等着他。看他这副样子，连琴囊都不打开了，只有说没说地道些红尘中事——

"徐元啊，还是那副老样子，一天说不上一句话，倒也清静。"

"不说话怕什么，不犯病就是上上大吉。"徐白说。徐元十岁那年，上台去给正在挨批斗的父亲送水，被人一把从台上推了下来，磕了脑袋，从此便落下了病，不会说整句的话儿了。

"徐华呢，沸得我一佛出世，二佛升天。"

二弟徐华，倒是正宗名牌大学经济学硕士生。他一口气介入了三家公司，有三个女小秘正在为他寻死觅活，与大弟徐元无人光顾的情形正好形成一贫富悬殊的风景线。

谈完了两个儿子，父亲就看看鼻翼上浮出油光的大儿子，迟迟疑疑地问："你这头呢？怎么样，有希望吗？"

"有希望，怎么没有希望啊！"徐白就眉飞色舞地说，"我大学里好几个同学都是亿万富翁了。从前他们都是我的崇拜者呢,我一说要建古琴馆,他们都拍胸脯了——'徐白,你的事情,还不是一句话。'爸爸,你就等着当你的琴馆名誉馆长吧。"

然后,徐白就在大镜子里看见父亲站起来了,琴拎在手下,笑一笑,说:"古调虽自爱,今人多不弹,老夫去也。"

父亲的背影,像被解雇的私塾先生般的落寞,慢慢地融入了夜。徐白从窗口看着父亲隐去,他们原本说好了是要共同来切磋那首《列子御风》的。

当他再把发烫的额头贴在冰凉的镜子上时,他看到门打开,刚从哪家饭店里跳完"堂会"的红路回来了,日光灯下她的面容兴奋憔悴。

她疲乏地一下子坐到了沙发上，但她的神情，像一枚胜利的号角，正等待徐白来吹。

徐白依旧把他的额头贴在镜子上，他就这样看着镜子中仿佛又深又远的妻子。他看见她抽出一叠钱，啪啪啪地打着另一只手心，叫道："老公，快来数数，一个晚上，我赚了一千。"

徐白还是没有回过头来，他从来不让任何人发现他在犯恶心。然而他却不由自主地打了一个寒战，笑着说："还记得我第一次和你约会，说了一句让你拍案叫绝的话，是什么？"

红路伸直她舞蹈演员的颀长的四肢，说："你可真是，孩子都那么大了，情商那么高，怎么智商没见长呢？"

"我说，真正的生活是从夜晚开始的。"

红路笑了起来,说:"我想起来了,你那时比现在可是要矫情的,还挑一个月上柳梢头,人约黄昏后的时辰。不过那句话也不是你说的,你搬了一个什么哲人的格言。你别说,哲学家有时也说点烟火话。你看,我们歌舞团,白天吃公家的闲饭,夜里挣自己的钞票,真正的生活,可不是从夜晚开始的!"

徐白的额头这才离开了镜子:"我那时正入琴道,做人做事,还都有点操之过急,显摆得很。"

红路没有回答徐白的话,脸上却浮起了奇怪的笑容:"徐白,我见着李子明了。今日是他画展开幕第一天,他在饭店请客呢。哎,你知道他如今的画一幅值多少钱吗?"

［明］仇英　听琴图页

李子明啊，从前剧团的美工，现在的当红画家，十多年前是徐白的情敌。他本来以为红路会为这样的相见尴尬，但他看不出红路有一丝的芥蒂。红路真了不起，一个大院门户出来的子弟，今日已然学会了满口的市民腔，你完全可以想象成她也可以有过一个从南方小巷子里拎着马桶出来的少女时代。

"你看，我不是说了，真正的生活是从夜晚开始的。"他补充道。

"吃醋了，老公！"红路些微地醉了。

徐白在心里说："你再给我老公老公地叫，我就要——"他不知道他就要干什么，就走进了洗手间，他不想让妻子在他的微笑变成冷笑之后看到他的脸，然而他多此一举。当他从洗手间擦了把脸出来时发现,他的妻子,已经在日光灯的照耀下,坐在沙发上睡着了。

中午,说好了是要与一个厂家的广告科科长一起吃饭的。请人家吃饭的目的,当然是为了掏人家口袋里的钱。为了这一顿饭,徐白已经三天没睡好觉了。正值盛夏,徐白在心里模拟着与那科长的对话。什么细节他都考虑到了,就是有一点他还没吃准,他不知道该用什么方法把回扣给人家。

为这事,他还专门到二弟徐华的公司去了一趟。徐华此时正和他的白领青年男女职员们吃着盒饭,听了大哥徐白的咨询,笑得饭都要喷出来了。只见徐白一本正经地说:"你们看我这样问行不行，我就说：'朋友，别看我是个弹琴的，社会上什么规矩不懂？你自己报个价吧，我徐白决不含糊，全部现钞，不要你一个字的收条，这下你该放心了吧？'"

徐华连连摇手："这哪里行啊！又不是旧社会里的青洪帮。就是黑社会，也还讲一个契口暗号——'脸红什么，精神焕发；怎么又黄了，防冷涂的蜡！'你一定得给他钱，可是你一定不能说给他钱——"

"那不是搞艺术了吗？又得有主题，又得不直说那主题——"

"正是。大哥，眼下我经商，还真是经出艺术来了。比如说给钱，这是一门基本功，入门就得学会。我当经理的也就不说了，留着让他

湖山十景 其五 平湖秋月

[宋] 王洧

万顷寒光一席铺,
冰轮行处片云无。
鹫峰遥度西风冷,
桂子纷纷点玉壶。

们具体干活儿的人说吧。"

一个发型当中分开,像抗日战争时期汉奸模样的小伙子就接口:"那还不简单,你就勾勾小指头问:'朋友,扣儿多少?我们心里好有一个数。'"

"那倒也不难,我豁出去说就是。但不知对方会不会以为我在说衣服上的扣子,你们又不是不知道,我们杭州人一向是把扣子叫作扣儿的——"

大家便都又大笑,那中分头小伙子说:"大哥你真是不领世面,只要是关于钱的,什么样的代号人家不知道?色色清爽。"

另一个女强人模样的姑娘就打断了小伙子的话说:"色色清爽也不行,那不是和徐白大哥开头说的差不多了。你说，像琴馆这样的事情，谁愿意投资，不要说别人，我有钱我也不投。"

徐华看看徐白的脸，知道此话重矣，连忙打圆场说："萝卜青菜，各有所爱。你不愿意投，有人还就是愿意投呢！"

"我要说的正是这个啊！人家愿意投的，不是指望那琴馆生出钱来，而是指望着琴馆满足他们的精神呢。但凡人的钱多了，便想着要铺路架桥，买名声，附庸风雅了。所以你们看日本人有钱了，就去买那梵高的《向日葵》油画，这是个档次问题。有一天我钱多得烧包，我也附庸风雅，我也要那档次——"

"那你就附我好了，中国的乐器中，再没有比琴更雅的了。"徐白连忙见缝插针。

"还是呀，所以你的雅，就是你的钱，你的潜在资产。你要成功，丢了你的雅，你还有什么？你现在又是朋友啊，又是扣儿啊，满口的江湖话，弄得和黑道上的人一样，可又弄不到位，真正就是一个不三不四，邯郸学步。到末了，别说琴馆，你连琴都不会弹了，你还靠什么安身立命？"

这小女子的一番话，简直就把徐白说出了一身冷汗。徐白就对徐华说："二弟，你这个小公司，可都是藏龙卧虎之人，话说得如此精辟，入木三分，不服不行。"

徐华得意地说："你道这位小姐何许人也，吾徐某人校友，专攻国际贸易的硕士生，暑假里来实习写论文的。你叫她小燕就是。"

那小燕就摇手作潇洒状:"什么实习写论文,不就挣钱当打工妹吗!和大哥一样,想要钱又不能直说罢了。"

徐白心里想着自己的那档子事,就问:"小燕,你分析了半天,问题倒是给你分析出来了,那解决问题的办法,你倒是给我出一个啊!"

小燕就大笑起来,说:"西人有言,沉默是金;杭州人有句老话,叫作闷声不响是个贼,道理都是一样的。既然说不好那个'钱'字,不说就是。只把那钱往信封里一塞,放在包里,包的拉链要打开,再把那包放在桌上。一边吃饭,一边嘴里侃着那艺术,一边眼里看着那信封——也就是钱,那可真是两个文明一起抓。谈完了往回走之前道一声珍重,握一握手,信封就到了人家手里。还说个什么钱字？徐华师兄，你说呢？"

徐华倒还没来得及说是，这边徐白已经一串的"是是是"了。不过"是"完了之后，徐白又生出了疑惑："小燕，有一事我还是吃不准。你刚才说了，投钱给我们的，不过为了附庸风雅。既然风雅，还要什么信封，还要什么信封里的钱，全都省下来给我们办了琴馆，岂不更好？"

这下轮到了徐华来开导徐白："大哥你要在今天这个社会上办事，什么样的想法都可以有，你刚才的那个想法可是万万不能有。我们都是唯物主义者嘛，我们都知道物质第一性，精神第二性嘛。现在我来补充我小燕师妹的有关附庸风雅的观点。世界上从来也没有无缘无故的风雅，人家之所以要来附庸风雅，说到底，还是要附那风雅后面的东西。且记住一条徐氏真理——在任何事物的后面，都藏着利益的影子，关键在于你能否看清它。"

这条徐氏真理算是显出徐华的档次来了，众人便都因为真理的深刻而一时默默无言。徐白被他的小弟弟小妹妹们洗了一番脑子出来，手心脚心就都是冷汗。徐华把徐白送到门口，突然神情有些异样，他们兄弟都是生性细腻之人，徐白就觉出徐华有话跟他说，便站住了，把话说在前头："我看这个小燕倒是对你的事情很上心。"

"你看她怎么样？"徐华连忙抓住机会问。

"我能看出什么来?我们这种弹琴人家,眼里有几个知音?"

"我知道你是说她不古典,日后怕是长不了,是不是?"

"什么古典不古典,你嫂子就古典了?"徐白怕徐华说出大白话来,连忙拿红路来当了挡箭牌。

"就是,"徐华这才兴奋起来,"我的奋斗目标是已经定下来了,我们家太穷,全是让那琴闹的。你看父亲、你,还有那个傻二哥,都穷成什么样了?所以我发誓经过几年奋斗,争取二十一世纪初进入中产阶级。小燕能帮我的大忙,我们俩在这个问题上已经达到了共识。"

"居家过日子,到底不是合伙办公司呀!"

徐白想了想,还是得提醒二弟一句。

"管他的,先把钱赚起来再说,将来有一天过不下去了再分手就是,这个问题我们俩也已经达成共识。"

"什么?你们连这也能共识?"徐白不大相信自己的耳朵。

"好,不说这个,说这个你不懂。我还得告诉你,我和小燕正在筹备办一个茶楼。"

"你们也附庸风雅了?"

"我们可不是附庸风雅,我们可是一切向钱看的。不过我答应你,一个星期可以给你一个晚上的赚钱机会。周六夜里,你可以到我的茶楼来弹琴。我给你一百块钱的工钱,其余的小费,多多少少,全归你。你看怎么样?"

徐白突然脸红了,他想放下脸来说些什么——突然想到他的琴社至今还差最后一块建琴馆的缺口。能挣一点是一点,总比到处要饭化缘来得强啊!这么想着,他抬起头来笑笑说:"难为你一片心,不过真要来,也得是我们琴社来。另外,我得和父亲商量一下,他毕竟是琴社的名誉社长嘛。"

"好啊,"徐华伸了个懒腰,如释重负,"不过我这里可是说定了。广告词上还要把你们琴社推出去呢,你们出了名,我们得了利。我们的背后,各自就都有利益的影子了。我的徐氏真理,没有错吧?"

徐白重新回到大日头的马路上走,竟也不知道热了,反觉得心里凉透。那种恶心的感觉又上来了。他不明白自己怎么会变成这样一个人。他附庸风雅，装疯卖傻，故作浅薄，倚门卖笑——是个什么东西？想到痛处，他竟然狠狠地砸了一下自己的脑袋。这一砸，他突然又急出了一身的冷汗，他想起来了，务了半天的虚，他竟然忘记了问，在那信封里面，到底该塞多少钱啊……

与此同时，徐白发现，李子明开始重新出现在他们的生活中。当然，凡事都有一个循序渐进的过程。直到目前为止，他的出现，都还仅仅体现在红路的口头上："子明答应给我引荐一个热爱文化事业的大老板……子明的画展，你去不去？你不去我可是要去了，我可是作为嘉宾去剪彩的,不去不行……子明说了,他给我画几幅画卖了,钱全给我,作我的专场演出费;子明说——"红路不说了,小心翼翼地看着丈夫,"你真的不吃醋?"

"不吃——"徐白拍拍红路的肩,"你堂堂一个舞蹈学校高材生,总不至于跳一辈子'堂会',再说,再过几年,你想跳也跳不动了。"

徐白和李子明从前为争红路,是有过好长一段时间的你死我活的。有一度红路差一点就要被李子明挖了过去。如今徐白看似落魄,却有此涵量,红路的眼泪就流出来了,哽咽地说:"我现在都快要跳不动了。你看,我把孩子都送到外婆家去了,我就是想搞一个专场,也算是体面地告别舞台——"

平湖秋月的沿革

壹 /【唐】

此处原先有望湖亭，始建于唐

贰 /【宋】

南宋定都时为兴建皇家道观四圣延祥观，迁望湖亭于宝石山

叁 /【明】

明将望湖亭迁回，复址孤山

肆 /【清】

康熙南巡时，在望湖亭安亭立碑，定名平湖秋月

徐白看着妻子流泪了,就想起了从前杨柳岸的晓风残月之夜,心就软了,拉了妻子的手说:"你平时最相信那些报纸杂志,那上面不是都说了,人有生理年龄、心理年龄,我看你的心理年龄还在十八岁。再说你体形也都还在——"

"体形在有什么用?美貌不在了,你看我眼角的皱纹——"

"好了好了,美貌也在。我和你在街上走,我的熟人还以为我和我的女儿在一起走呢!"

这才把女人说笑了,说:"不和你胡说,好些天没到湖边去走走了,今晚回家看你爸爸去。"

徐白父亲徐韵生,久居平湖秋月侧畔。说来也是一个巧了,徐家居处离从前的照胆台不

大休大师(1870—1932)

四川仁寿县人,十七岁皈依佛门,后出蜀地云游,主持多个名刹修建。大休诗书、佛理、绘画俱佳,兼善古琴,且能自斫琴。徐元白、徐文镜兄弟曾向他学琴。

远，照胆台方丈大休法师乃清末大琴家。徐家祖上是拜法师学琴的，诚惶诚恐，行弟子礼，竟把家也搬到近琴家处，也算是一番痴缘了。如今家道虽已中落得不能够再中落了，倒还留下数张古琴，几间旧屋。所幸清风朗月不用钱买，开门拜月，放眼湖天，也是个涤烦洗尘之处。故而从前徐白虽久居城中，三日两头，总还不忘回去的，说来竟还是这半年来几乎没有回家了。

红路对徐家，一直就是敬而不亲的。不过礼数上做得总是好，尤其是徐白的母亲去世之后。今日仲夏夜，和丈夫一起，到湖边去走走，也是调节身心，故而一开始红路和徐白的心情都和夜风一样舒坦。走着走着，却平地陡起风波，竟弄得个不欢而散。

说起来，弄得他们夫妻半路翻脸的原因，竟然是从青萍之末而起的。原来夫妻两个挽着手儿正好好走着，横刺里杀出一个老头，一把拦住徐白红路，然后用一口外省话说："大哥大姐，我已经在这里求了一天了。我要到温州去，昨日在火车站让人偷了钱包。我就差三块二毛八分钱买一张汽车票，就差三块多钱。我一分也不要多的，我就差三块多了，你们行行好帮我一把吧！我已经在这里求了一天了——"

徐白犹疑地停在了一株柳树下，一群红男绿女肩上拂过柳枝，从他身边穿过。徐白下意识地就把手伸到口袋里去了，他知道，口袋里有五块钱。

昏暗中红路正在跟他说着她的艺术构思呢，亏她的反应力，立刻就从艺术上跳到了钞票上，一把拖住徐白就走，且走且说："你没看报纸上怎么告诫我们别上这些人的当的？他们可是变着法子要钱呢！快走。"

徐白还没来得及再说什么，就被妻子拉上走了。谁知那老头眼尖，已经在徐白的那一刹犹疑中发现了机会，他就像一个穷追不舍的债主一般逼住了徐白，给这对夫妻来了一个围追堵截："大哥，大哥，大哥你行行好，我真不要多的，我就要三块多钱，够我上汽车就行。我已经一天没吃东西了。我们乡下人，从外地来，人生地不熟，我是去温州的，晚上还不知住哪里呢。大哥，大哥你行行好——"现在他已经放弃了大姐,他就死盯住了徐白这位大哥。

徐白再一次站住了,这一次他从口袋里掏出了那五块钱。但是那钱还没到老头手里,已经被红路一把截住。红路大叫一声:"你走开!我们没有钱,有钱也不给你,你找救济站去。"

老头几乎要扑到徐白身上来了,他摇着徐白的手臂哀求道:"大哥,我真的不是骗子,我真的不是骗子,我真的就是差那么三块多钱——"

"别演得和真的一样,上你们这些人的当还少吗?走开——"

红路一声大吼,立刻引起了周围一片共鸣:"就是,这帮骗子,现在什么事情做不出来!为了钱,叫他们做什么他们都干,走开,走开,寻死啊，走开！"

徐白就在这一片声讨中被红路拖着杀出重围。他再一次回过头去时，还能在玉兰灯下看到那老人呆站着的身影。他好像一直在凝视着徐白，他好像看到徐白回过头来，他好像还往前冲了一步，然后，他站住了，他没有再向徐白走来。

红路松了口气，重新挽起徐白的手，笑笑说："这些盲流，哪儿都有他们的影子，真正是污染环境。"

徐白看着红路在路灯下惨白的笑容，他想，真奇怪，我怎么从来也没有想到，红路是有这样的笑容的。

红路已经开始继续她的舞蹈构思：

"我想在舞台上摆一个大月亮,我要在月亮里外,在受着月亮的制约下,以一种戴着镣铐舞蹈的精神,来创造我的独特的舞蹈语汇。你觉得怎么样?"她小鸟依人般地歪着头看他,他也看着她,想:女人,真厉害。

"我还想,这个舞蹈,就叫平湖秋月,用你专门为我创作的琴声伴奏。我不要任何乐器,只要一把古琴。我想让你穿着长衫,像那拉二胡的阿炳一样——"

"别别别,"徐白说,"你又不是不知道,古琴不是古筝,弄不来《战台风》什么的。"

红路显然是愣住了,她没有思想准备,她早就想好了那个穿长衫的丈夫坐在舞台右下角时的情景,灯光只给他打出一点轮廓,他看上去相当神秘，忽隐忽现。而灯光始终追着她，她在前台，被光追得无处躲藏。她是一切，而伴奏，听上去可有可无——

"那你不能把古琴换成古筝？从前你在剧团时，不是弹的古筝？"她突然建议。

"古筝也好，古琴也好，不是剧团都不需要了吗？"徐白显然是在有意地回避这个话题。

他的用意让红路看出来了，她就突然地焦灼起来，数落说："那还不是你自己要精简的。你这个人，真是不学好。常言道，人往高处走，水往低处流。你呢？大学毕业分到剧团，那是让你当编剧的，你偏不当，偏要到乐队。还算你有家学渊源，会弹琴，让你弹古筝吧，你不好好弹，非得弹你们徐家的那个古琴，最后弄得不三不四。不三不四也罢，你好歹是个有文凭的，再精简也精简不到你那里，你倒好，自己要求精简了。精简了也罢，李子明也是精简的，如今一幅画卖多少钱？真是置于死地而后生。你呢，弄到个博物馆去，清汤寡水不说，连工资如今也发不出来了。工资发不出来也罢，我知道你是个异人，不可与俗人同日而语的，我养你也无妨的，你却偏要去弄一个什么琴馆——"

"——一个什么琴馆弄成了也罢，"徐白一下子接了红路的话，"也算是异人做了一件异事，偏偏弄不来一个大钱。弄不来一个大钱也罢，偏偏又要打肿了脸充胖子，到领导群众那里去吹——我的同学某某某多么多么有钱，多么多么崇拜我的古琴艺术，将来开了馆会来多少多少学生，收多少多少美元。却不知人家当面噢噢噢地应着，背后都笑你痴。单单笑你痴也就罢了，还有那些鸡，见一只鹰果然飞得比他们低了，便以为那鹰也是尔等同辈，讥道——这江湖骗子想钱也是想疯了。没头的苍蝇乱撞，撞到什么古琴上去了，古琴又不是什么千年古尸，能弄到什么大钱！你们万万不可上他的当，小心血本无归。他们倒是也没说错，谁给琴馆投了钱，谁可不是血本无归！艺术本来就是无价的，在强权、金钱和一切乌龟王八、牛鬼蛇神束手无策坐以待毙之处，艺术方才体现她的全部生命力。艺术是什么，艺术就是无价之宝，就是一切强权、金钱、乌龟王八、牛

[清]董邦达 平湖秋月图轴

鬼蛇神的死敌。艺术不是什么！不是你在前面弄个假月亮装神弄鬼还让我在后面帮衬。你疯了，亏你想得出让我穿长衫陪你跳半裸舞——"

"你、你你、你才疯了——"红路结巴起来，她从未发现，一旦徐白后发制人起来，会那么厉害，"你要想给那老头钱，你只管给，你这白痴！"她把五块钱就扔了出去。

钱掉到了地上，这还是一张中间已经有了一道裂缝的人民币，徐白捡了起来，说："我就是想给他，我给他就是给我自己，我就是他。"

他一扭头就走了，把红路扔在了湖边。

徐白独自到了父亲家里，父亲这儿却并不像他想象得那么冷寂，他正在与琴友一起制琴，上身穿了一件汗衫。房间小，客厅就是饭堂，旧八仙桌上放着尚未收去的晚餐，桌角放着两杯茶盏。日光灯照得房间毫无韵味，家中也没有空调，电风扇呼呼呼地吹着。徐韵生和那琴友聊着呢，那琴友还是从山东专程赶来的。

见着大儿子，徐韵生很高兴，指着茶几上放着的一段琴木问："徐白你看这块料如何？"

徐白仔细取了看，说："这是块杉木料，怕是有上百年了吧？"

那山东琴友就伸出大拇指道："徐大公子好眼力。这是从我家祠堂上拆下来的一根杉木大梁上取的材，心里觉得好，又怕吃不准，特意从山东赶了来请徐老先生过过目，没想到竟得着浙派琴师如此厚爱，不知会制作出怎么样的一把好琴呢。"

"你放心,我父亲的制琴,也是江南一绝的。人家港台的琴家到大陆来,凡进杭州,没有一个不到这间破屋子来拜见老人家的呢!"徐白说,他是想让老人家听了高兴。

徐老先生听了,摇摇手说:"斯是陋室,唯吾德馨。"徐白知道,父亲还是高兴的了。

琴友又道:"老先生既已送佛,不妨送到西,劳神为这把琴取一名如何?"

"我看你既是从齐鲁而来,就合了孔夫子诗书礼乐的神韵,不妨取了琴名为'风乎舞雩'吧。"徐老先生想了想,说。

那山东琴友就站了起来,深深作一揖,道了四个字:"高山流水。"

空亭坐月鳴琴

夏日山亭對月暑氣西沈南薰習習生涼極目遙山盤鬱永鏡雨湖隱約何來鐘磬抱琴對月響遏流雲高曠撫秋鴻出塞清幽鼓石上流泉風雷引可碎炎蒸廣寒遊偏宜清冷樂奏之吟悲哉林埜之曲泠然指上梅花寒煩憒矣嘻何能即元亮無絃之聽哉宜正音為之絕響

正那么说着，徐白就见大弟徐元进来收拾碗筷，一点声音也没有。见了徐白也不说话，只是抬起头来看着他。徐老先生就说："徐元见了徐白就高兴，他想你呢。"

徐白过去帮着大弟收拾桌子，一边问："近日厂里可忙？"

徐元在厂里也就是一个仓库保管员，他们厂有几年都不景气了，徐白也是找点开场白说罢了。

徐元轻轻一笑说："忙。"就没有二话了。他是个瘦子，长脖子，小小的脑袋，年纪比徐白小几岁，却已经开始脱发，甚至开始脱牙齿了。他一笑，眼角就堆起了皱纹，可是一露嘴，又像是一个正在换牙的小孩子。如果他不是神

浙派古琴

浙派古琴由南宋郭楚望创立,是中国第一个形成系统的古琴流派,在宋、元、明时期一直独领风骚,但是于清代式微。直到清末民初《春草堂琴谱》的重刊,徐元白的出现,才重振浙派古琴。浙派琴曲清、微、淡、远,经典曲目有《潇湘水云》《渔歌》《樵歌》《泽畔吟》等。

情举止上有些木讷,看他的样子,和风华正茂的二弟徐华实在是很相像的呢。

徐白帮着他把碗筷收拾进厨房,然后就亲热地撸撸他的肩,徐元却侧过头去听什么。房中传来琴声,徐元突然说:"其病在骨。"徐白也侧耳听,果然,声音沉闷不堪。俄顷,又换琴声,发音咽哑。徐白再拍徐元的背,徐元皱着眉头想了想,说:"其病在肉。"徐白说:"徐元,你比我们都会活得好,你能听天籁之声。"

徐元就得意地摇摇脑袋笑了起来,然后开始放水洗碗。他穿着一件旧背心,背上淌着汗,他的目光单纯,凝视着水。突然他伸出手指,让清凉的水冲击,多皱的脸上就有一种圣婴般的神情。然后他把徐白的手拉到水柱下让水冲

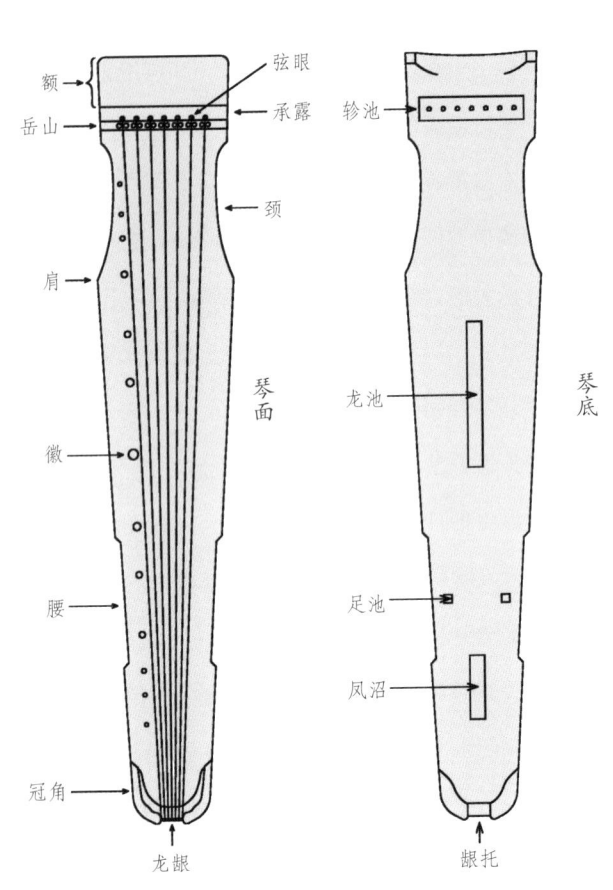

古琴的形制

击,脸上流露出一种发现了什么的极大的快乐。徐白知道,徐元是要他和他一样感受水,他每天都在发现司空见惯的奇迹。徐白就说:"徐元,我告诉你一件不得了的事情,我犯病了。"

徐元沉浸在水里,几乎连头也没有抬,徐白就继续说:"我犯病了,今天中午犯病了。你不知道我给那科长打了多少传呼,为了什么,就为了说好了要请他吃饭,吃饭的钱还是我自己从红路的抽屉里悄悄拿的。可是直到十二点半,我还收不到他回电话。你说我该怎么办?我是管自己去填肚子,还是穷追不舍盯下去?你想我都倚门卖笑卖到这个份上了,我再半途而废我岂不是也太冤枉!因此我终于七撞八颠打上门去了。我到了厂里,人家告诉我科长在

徐元白(1893—1957)

号原泊,台州椒江人,善诗文、书、画,尤工古琴。晚年定居杭州,组织西湖月会,著《天风琴谱》一卷。

小饭厅里请客呢。我听了头就像蜜蜂一样嗡嗡嗡地响起来。我告诉你,一分也不夸张,我看着表呢,我在包厢门口足足来回走了有二十分钟。我头昏脑涨,直想吐。我又下不了决心进去找那个科长——我突然把这个从来没有见到过的人给痛恨得要死。我想我一看到他就要摆出平世里最高傲的神情,我要让我的清高吓羞他,震撼他,让他那张酒气熏天的脸一下子因为失约、因为轻视我而凝固在尴尬上。然后我要说:'对不起先生,我到这里来没有别的目的,仅仅是要通知你,我不需要你这一笔小小的恩惠了。我们现在已经相当有钱了,我们的风雅行情见涨,成了抢手货。祝你胃口好。'然后,我就扬长而去——"

吟徵調高竈卞桐
松間誰有入松風
仰窺低審念情寫
以聽無紘一串中
　　甘原詩題

聽琴圖

[宋]赵佶　听琴图

徐元小心地用手摸了摸他的额头："你犯病了？"

"我犯病了，就在那二十分钟里犯的病。我心里一边把那科长骂得狗血喷头，我一边悄悄地把那信封取了出来捏在手上，你知道吗，那信封里面有钱。然后，我叫服务员把那该死的家伙给我叫出来。一会儿，出来一个穿花衬衫的家伙，看上去只有我的一半年龄大。谁知我是怎么样的一下子把自己给逼良为了娼。我突然热情洋溢地扑了过去，我一把拉住那花衬衫的手。

"他妈的，我还是用两只手拉住他的，好像他是久旱的甘霖，他是雪里的火炭，他是梦中的情人。然后我说：'真是太不好意思了，太感谢你们了,你们真是我们艺术家的知音。你看科长你正在吃饭,我把你叫出来,不好意思,不好意思。不过你既已经出来,这顿饭就该是我接着请了,走走走,我们现在就到新世界去——'那花衬衫一开始倒也由我拉着谄媚,看我要把他拉走才说:'我不是科长,科长太忙了。我们厂也穷,正在请银行方面的人吃饭,想要他们的贷款呢。'这么说着,他就进去了。他就……进去了……"

徐元愣愣地看着大哥,徐白也看着徐元,看着看着,嘴唇就抖了起来:"这时候,我就犯病了,我哇一下子就吐开了。你知道我忍了多少天没吐,我今日中午一下子就吐了出来,把那信封吐得一塌糊涂。"说到这里,徐白一头就扎在自来水龙头下，他实在不知道还能往下说什么。

当他抬起头来时，徐元正拿着一块干毛巾。他要接过来擦头发，徐元不让，他就一下一下地给他的大哥擦着头发，一边擦，一边说："其病在肉。"

徐白笑了，说："你是说我还有救啊，要是病到骨头里，那可就真完了。"他从口袋里掏出那张五块钱，说："徐元，我给你五块钱，要不要？"

徐元接过钱，也笑了，说："要。"

那天半夜里，徐白做了一个奇怪的梦，在一个黑暗的地方，他看见一个没有面容的背影，

平湖秋月　　[瑞典]安特生　　摄于1914—1938年间

　　西湖十景,首推平湖秋月,盖湖际秋而益澄,月至秋而逾洁,合水月已观,全湖之精神始出也。

一言不发。他绕着他走来走去，怎么也看不到他的脸。好半天，他突然歇斯底里地吼了起来："你到底要多少钱？"

他刚刚叫完，铃声大作，把他从梦里唤醒，然后，他听见红路说："快快，徐白，徐华的电话。"

徐华在电话里告诉他，父亲犯心脏病了，已经送进了医院。徐白不相信地问："这是怎么回事？我晚上还在他那里，他不是好着吗？"

"你知道什么！徐元下岗了。爸爸刚听说就犯了病。"

"怎么下岗了？他说他厂里忙着呢！他也会骗人？"

徐华迭叫着："啊呀大哥，人家说徐元傻那

是人家不了解徐元,他什么时候傻过?他都已经一个月没上班了,天天在外面逛到下班才回家,就为了瞒着我们的老父亲呢!"

"那,那那——"

"那什么,明天你和徐元都到我的茶楼来,我们商量一个给他吃饭的办法。你现在就到医院来替我,我还得到茶楼去呢。小燕一个人顶着,她也吃不消了。"

徐白搁下电话就套鞋子,红路说:"徐白,明天我也和你一起去茶楼,我也能帮上一点忙的。"

黑暗中看不到红路的表情。徐白一时愣在那里,他们吵了那么厉害的一架,那是结婚多年都没有过的事情——还不知道怎么和解呢。

红路坐在床上,刚好就抱住了徐白的腰,说:"徐白,我给你打听过了,有一家公司老板,特别喜欢李子明的画,我把子明的画让给你,你去找他,他给你一万两万的,绝对没有问题,你不就是还差这一两万吗!"

徐白拉开她的手说:"不要。"

"你放心,不花钱,我也能搞舞蹈专场。"

徐白坐在床沿上,摸摸红路的头说:"嫁给我,贫贱夫妻百事哀,不后悔吧?"

"谁说我们贫贱了。"红路也开始穿衣服,"走,我和你一起去医院。不就是下个岗,犯个心脏病吗!有什么了不起的。"

徐华拟开的茶楼,紧挨着湖,楼上还有个

国立艺术院

1928年蔡元培创办国立艺术院(今中国美术学院前身),由林风眠任学院院长。设国画、西画、雕塑、图案四个系及预科和研究部。他们将院址定在了孤山的罗苑,又在附近的照胆台和三贤祠设立了分部。

阳台。临窗眺湖,虽没有上下天光一碧万顷的气势,却也说得上是心旷神怡的了。徐氏三兄弟,加上红路、小燕,一行五人坐在尚未修整完毕的客座上,七嘴八舌地议论着。夏日阳光隔在一窗之外,给他们光明却不给他们灼热,昨夜的不安,便似乎被光明烊化了。

红路最兴奋,她连坐都坐不住,以一种舞蹈家的步伐在那个大茶厅里跳跃着,指着右前方一块空地说:"这不是一个小舞台吗?"

小燕说:"这是供茶道表演用的。不过我和徐华商量了一下,觉得光用来茶道表演也未免可惜。人家看你把一杯茶倒出那么些花样来也未必感兴趣,无非附庸风雅罢了,倒还不如用来多功能开发。"

徐白听了就兴致勃勃地补充:"这个主意好。我看那上面可以开小型的室内音乐会,可以说书,可以评弹,可以搞小剧场话剧演出——"

"越剧清唱也可以的。还可以服装表演,还可以伴舞。"红路突发奇想,"我看我的独舞专场也可以放在这里——"她一个腾跃,竟然就上了那未来的小舞台,一个圈,又一个圈,又一个圈,然后,一个其美无比的造型,定格。下面,徐华和小燕就使劲鼓起掌来。徐白一时张口结舌,不知说什么。红路接的还是他的口令,他不知道事情从哪里就不知不觉转了一个弯。他想,伴舞和说书,到底有什么区别呢?

"大哥,你那个琴社弹琴,也放在上面,怎

么样？"

"那当然，那当然，那当然。"徐白连连点着头，他的《列子御风》，到底是要和半裸体舞放在一起了。

这么想着，他就朝着徐元那个方向看，徐元却不见了。徐华说："我知道你担心徐元，你不用担心。我今天早上已经跟爸爸保证过了，爸爸的心脏病原本也不重，无非心里窝着徐元的事情。徐元的事情，就包在我身上了。"他啪啪地拍了两下手掌暗号——芝麻开门——从门里走出来的可不是金银财宝，只见小燕推出了一个白帽白围裙的厨师模样的人，不是徐元，又是何人？

徐元还是微微地笑着，人们一般把这样的

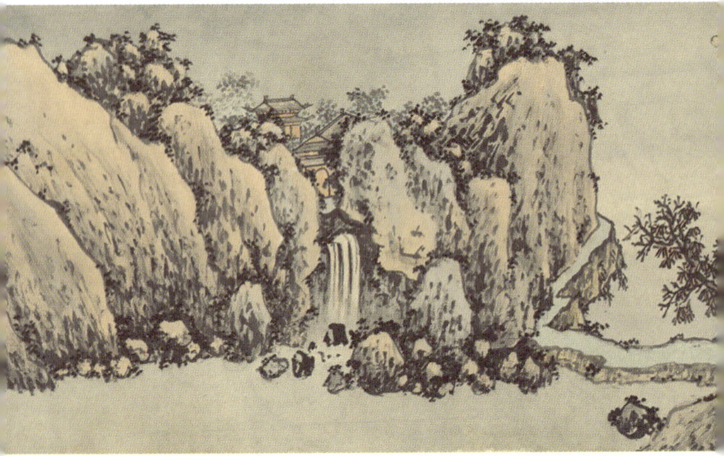

［明］沈周　中秋赏月图卷（局部）

笑容，称之为傻笑。但徐元却从来没有傻笑过。他似乎很不好意思地搓着手，他的手指细长清洁，是徐家遗传的特有的手，是造化鬼斧神工优化出来的琴家的手呢。

"徐元，你要干什么？"徐白吃惊地看着他，又对徐华说："他可学不会当厨师。"

"洗碗。"徐元突然说。

"洗碗？"徐白瞪着徐华，"你让他洗碗？"

"那你说让他干什么？"徐华有些咄咄逼人地反问。

徐白愣了一下，才说："我本来想让他到我们琴社来专门修琴的，不过那要到琴馆建起来以后。"

"琴馆建起来也不行，"红路立刻反驳丈夫，

"天底下有几个人弹古琴,听古琴的?连京剧越剧都没人听了呢!那不是卡拉OK自娱自乐的事情,那是花钱,不是挣钱。我说还是洗碗好,也算是一份工作嘛。"

徐白不跟妻子说什么了,妻子没有和他共同度过童年,不知道十岁之前的徐元是怎么样的。当初,父亲在三个儿子中,真正选中做了传人的并不是徐白,而是徐元。徐元是通天籁的人儿啊!他走到徐元面前,看着徐元的眼睛,问:"徐元,你愿意洗碗吗?"

徐元看着徐白,徐白就看见了一双幽深的目光,他暗暗地吃了一惊,却见徐元用力地点点头,说:"洗碗。"

小燕就笑了,说:"徐华,你还说徐元有

病，我看他一点病也没有的，他肯定会是一个劳动模范。"

这么说着，这个人精儿就朝徐华挤挤眼睛。徐华一拍脑袋，说："啊呀，我可是差点忘了一件大事。开这个茶楼，还差工商局一个至关重要的章呢。我打听了，那管章的人什么都不吃，就是吃李子明的荷花。这个忙，嫂子你可是不帮不行的。"

"怎么这个李子明成了这么抢手的货，可真想不到。"红路感慨一声道。

"要想到了，你就是李家的嫂子了，还会坐在这里和我们喝茶。"徐白就开玩笑似的说，他到底是个要面子的人。

小燕却说了："那倒也不一定的。再好的东

西，成了显学，就是二流。好比我们学校里，那专心做学问的，从不在社会上显摆，才是学校的心尖子，今后的栋梁材。像我们这样的人，二三流的水平，便到社会上来混了，别看走到哪里人家夸到哪里，到底成不了大气候的，大哥你说是不是？"

徐白心想小燕这个丫头真正是了不得，他没说的话，倒叫她先说到头里了。

李子明在自己的新居里接见了徐白，他对这个昔日的情敌十分地看重。原本说好了是红路自己到他那里去取画的。一听说要画的主儿换成了徐白，李子明就要红路去对徐白说，让他亲自来一趟。红路说："子明，我看你戏也太

[明]杜堇　听琴图

过了。你再是一个大画家，我们眼里，也是从前田垄里一起耕地过来的。那时候我们也是都说过'苟富贵，莫相忘'的。如今你发了，就这样挤兑徐白，他再落魄，也是我丈夫呢！"

李子明就打哈哈说："红路你从前何等温情脉脉，如今也是一个凤辣子般的人物，这个社会啊！我跟你说你可别误会，我是想着我这位弹琴的弟兄哥儿呢。他是高人，从前听他的琴，多少诗情画意，如今也不知还弹不弹呢！"

红路知道，李子明眼下也是个人物了，不像从前，桌子摊开就命令——李子明你给不给我画，你不给我画今天中午我就不给你带饭。看样子他是非要徐白求上门去不可了。只有红路知道，徐白看上去谦卑，骨子里山林气十足，

平湖秋色

眼界高心气也高，就是李子明求上门来，他徐白也未必给弹呢，何况如今是要徐白夹着琴上门。

没想到徐白听了红路的传达，一咬牙说："我去。"

"你可想好了，以后别后悔了再和我吵架。"红路说。

"要后悔，我也不等到今天了。我这是工作，和请那科长吃饭一样的性质。"这么说着，就去开那琴囊，一边自言自语："琴哪，咱们回去吧，这里没有甲鱼吃啊；琴啊，咱们回去吧，这里没有轿车坐啊……"说得红路笑了起来。这段春秋战国的掌故原本说的是孟尝君的门客弹着铗要鱼要车，徐白把它给新编了一下，却也幽默。倒是徐白没有笑，长吁一口气，把琴夹在腋下，就出了门。

数年不见，徐李二人，瘦的更瘦，胖的更胖。如今的李子明，已经是一个大腹便便的福将了。其人身材虽矮，但中气十足，倒是像煞一只倒扣的铜钟，走到哪里，都有一种威风凛凛的将军气。见着徐白，却是明白人，知道这人的分量，便双手作揖道："三生有幸，三生有幸。从前在剧团时，我眼里就你一个人。承蒙徐君厚爱，今日亲自夹琴而来。你要我的画，咳一声便是，哪里还要那么些的礼数。"

徐白便笑着坐下说："子明，你就不要在我这里装腔作势，你这点心思，我还不知道。我们两个也是拗手筋骨拗到今日了，你不就是要和我分个高低的吗？昔日成连引伯牙至蓬莱山，但见山林窅冥，群鸟悲号，伯牙怆然而叹曰：'先生将移我情。'乃援琴而弹《水仙操》，成连由此既知伯牙学成，琴技已超出自己之上。今日你我相会，安知谁是成连谁又是伯牙？"

"你看你看，你这人说话就是入木三分。"李子明就给徐白倒茶，"红路都叫你给移情移走了，你还不让我有一点儿耿耿于怀，你也太不肯吃亏了吧？"

徐白品了一口茶说："你这话倒是说得有几分真性情。"

"好了，停止攻击。从前我的画你是幅幅要评点的，我这是等着你再给我指教一番呢。"李子明这就要去取画册，被徐白一只手挡了，说：

"行了，行了，我可是不打无准备之仗的。你送给红路的那些画册，还不都是我在读？我若不读了你的画，我还会来见你？"

"那你说你说，我只听你的，你可不要客气。我如今人家的话也不大听得进去，只想听听你的。"

徐白闭目想了一想，把茶杯放在茶几上，说："不说真话也是对不起你了，你的功底这几年是实实在在地见长，工笔、写意、泼墨，倒是经得起我这样一个挑剔的人的眼睛了——"

"过奖，过奖，过奖。"李子明听得额上汗水都渗了出来，他知道徐白一旦说真话，嘴里就没几句好的了。

"说到意嘛，意境无涯，天机不可泄。"

李子明就说:"你不说我也知道,你是和从前一样,以为我的东西是俗了,太迎合了,红尘气太重了。"

"这话我可没有说。"徐白笑了。

李子明也不勉强,只是说:"徐白,你也是变了,莫非我这几张荷花就把你给打倒了?人家被打倒我倒是相信的,他们只知道画值钱,哪里知道其中真意。你却从来不是人云亦云之辈。你若不肯直说,也是利在其中作怪了。"

徐白便把琴囊打开,一边说:"哪怕你那么刺我,也不伤我的自尊心。况且你也是说对了,我就想要你那几张荷花,为的是我那个琴馆。琴自伏羲制作而来,有瓠巴、师文、师襄、成连、伯牙、方子春、钟子期这些琴师。至近代,

古琴的传承

壹 / 远古

伏羲神农制五弦琴

伍 / 明代

明代接续两宋，古琴发展达到极盛

陆 / 清代

清承明制，皇家与民间弹琴者众

贰 / 周代

周武王改五弦为七弦

叁 / 唐代

唐代改进斫琴法,
晚唐曹柔创减字法记谱

肆 / 两宋

两宋琴学繁盛,涌现大批琴家

柒 / 近代

近代琴家用西方乐理改进琴谱,如今能够听到的琴曲,基本上是此后的琴家打谱而来从前各地琴家总有琴主,梅庵派有王燕卿,山林派有李子昭,九嶷派有杨宗稷,广陵派有张子谦,虞山派有查镇湖,他们无一不是惨淡经营,方才把这五千余年的遗韵发扬光大至今。其中浙派古琴,又是诸琴派中大音之声。你没听北宋琴家在《论琴》中是怎么说的:'京师过于刚劲,江南失于轻浮,惟两浙质而不野,文而不史。'吾即两浙琴家传人,如今便是要轮到我了。古琴到得我们手中,不能连个置琴的地方都没有。我便是为此衣衫褴褛,活得像那个武训一般,也是值得。佛家如此清静无为,地藏王还知道说'我不下地狱,谁下地狱'呢。"徐白看看李子明,见他张口结舌出了神的样子,便说:"好了,你想听什么,我这就给你弹。"

李子明这才恍然大悟，连连摆手："徐白兄不鸣则已，一鸣惊人。说的虽是琴道，却字字与画道相关。徐白兄愿意弹琴，那是我的造化，千万不可勉强。别人是不是地狱我不知道，反正我这里肯定不会是地狱的。"

"我今日既来了，是我自己愿意弹的琴，也不管你听还是不听。你要听什么都可以，我这就开始了。"

说着，屏息静气，闭目养神片刻，徐白却弹了一曲《拘幽操》。当年南宋钱塘人汪水云，常以善琴出入宫中。后南宋国破，他随三宫北上燕都，文天祥被押，他专门为其去狱中弹奏。其中亡国之痛，忠臣死节，尽在其中。一曲弹罢，见李子明怔怔坐着不发一言，半晌方说：

古琴的流派

古琴演奏，要依照古琴谱进行，而古琴谱仅记录骨干音，需要演奏家自己打谱详细记述乐曲细节，因此同一首乐曲，不同的演奏家打出来的谱不同，各自的演奏风格不同，所以形成了诸多琴派。古琴派系多以地名命名，下页所列的是几个影响较大的古琴流派、代表琴家以及经典琴谱：

诸城派
- 山东省
- 王雩门
- 《琴谱正律》

金陵派
- 江苏省
- 庄臻凤
- 《琴学心声谐谱》

梅庵派
- 江苏省
- 王宾鲁
- 《梅庵琴谱》

广陵派
- 江苏省
- 徐常遇 徐祺
- 《五知斋琴谱》《自远堂琴谱》

虞山派
- 江苏省
- 严澂
- 《松弦馆琴谱》

浙派
- 浙江省
- 郭沔 毛敏仲
- 《紫霞洞谱》《霞外琴谱》

九嶷派
- 江西省
- 杨宗稷
- 《琴学丛书》

蜀派
- 四川省
- 张孔山
- 《天闻阁琴谱》

"先生将移我情。"

徐白道:"从前伯牙鼓琴,志在高山,钟子期曰:'善哉,峨峨兮若泰山!'须臾,志在流水,子期曰:'善哉,洋洋兮若江河。'不知今日我徐白鼓琴,移李君何情啊!"

李子明又闭了半日目,有些疑惑地说:"似有出世之乐。"

徐白一声长叹,起身取琴囊套琴,一边说:"琴曲有畅,有操,有引,有弄。其中忧愁而作,命之曰操,志在穷则独善其身而不失其操。古曲有十二操,曰将归操、猗兰操、龟山操、越裳操、拘幽操、岐山操、履霜操、朝飞操、别鹤操、残形操、水仙操、襄陵操。我今日所弹,正是其中之五,幽愤不达,郁郁不得志,与你李大画家所解琴意，相去天壤之别啊。"

徐白背上琴囊要走，见李子明脸红地送他到门口，说："徐白你今日好比又抢了我一回情人。不过三年以后我与你约了，你再来读我的画，到那时我们再见分晓。"

徐白说："有你这句话，我这次哪怕取不到你一幅画，也是值了。"

李子明连忙摆手："看你说到哪里去了，我这一回必得认认真真替你画两张的。从你这里出手的东西，一定要拿得出去。我知你刚才在我画室里眼睛扫了一圈，也没一张真正看上的，所以现成的我就不送了。我替你专门画了裱好，送上门去，你看这样够不够意思？"

徐白一手扶了门把，一手托着琴，听了此

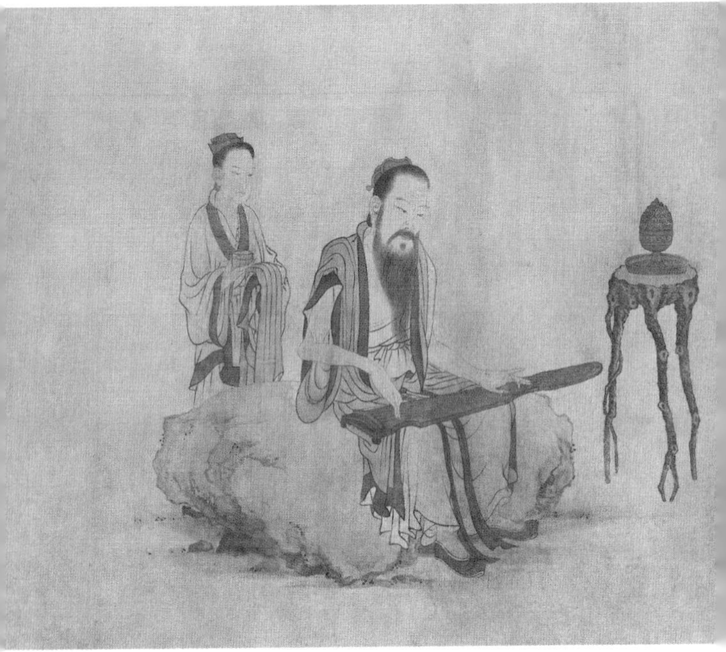

［元］王振朋　伯牙鼓琴图卷(局部)

言，半晌没说话，嘴唇都抖了起来，眼眶都湿了。青天白日的，两个男人突然间动了真情，彼此都不好意思，特别是徐白，他连头都不敢再回，摇了摇手，就一头扎进风尘里，走了。

从李子明家出来，徐白就直奔了医院，接父亲徐韵生出院。到了那里，正是中午。徐先生早已收拾了东西，见大儿子一头的汗，便说："还没吃饭吧，我这里有康师傅面，刚刚泡好的。"

徐白二话不说接过来就吃，几分钟就风卷残云般地吃了个底朝天，才舒了口气说："真是饿坏了。"

徐韵生见徐白还背着一架琴，便说："又在

跑琴馆的事儿了?"

徐白眉飞色舞地说:"这一次是真有着落了。李子明答应替我画两张拿得出手的,过几天就送来。我让红路给那赞助人送去,人家答应出两万呢。我们琴馆,还不就是差这一个数了嘛。"

"你也别想得那么好,琴馆开起来,不是照样要花钱吗?你再到哪里去化缘才好呢?你不愁,我都替你发愁。"

"这个你一点也不用愁的。我早已和馆长商量好了,以琴养琴。凡进来参观者,必得收门票。还有修琴、制琴、欣赏表演,都可以收钱。我们不收多,只要能维持琴馆办下去即可。"

徐韵生看着大儿子,半日方说:"没想到你

［宋］马麟　林和靖图

也越来越像徐华了。我告诉你，你们制琴，爱怎么收钱怎么收钱，我可是不开这个价的。"

徐白知道，父亲是不高兴他张口闭口钱钱钱了，便叹一口气说："我也嫌钱贱，只是今日还有多少人弹古琴？知音少，弦断有谁听？你看这满世界的噪音——前回清明节我们去墓地扫墓，不是还听着大喇叭里不停地唱'妹妹你坐船头'吗？比起这些来，古琴在人家耳朵里，可就是太微不足道了。"

徐韵生最听不得人家说古琴没人理会了，一听就要上火，没想到徐白也那么说，气得心脏又要发病，牙齿一咬说："知音少，知音少怕什么！当初子期死，伯牙痛世无知音，破琴绝弦，终生不再弹琴。"

独特的记谱方式

古琴传统记谱方法现存见有两种——文字谱和减字谱。文字谱仅存《碣石调·幽兰》一首。文字谱记叙一个音，短则一两句，长则两三句，十分复杂。相传唐末曹柔改革文字谱为减字谱，减字谱将文字谱所记叙的内容归纳为四个部分，每个部分由汉字中某个字或某个字偏旁表示，置于固定部位，由四个部位组成一个方块字：

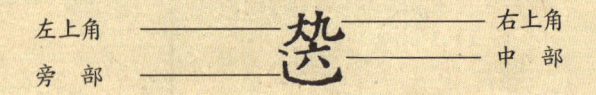

左上角 ——————— 枩 ——————— 右上角
旁　部 ——————— 　 ——————— 中　部

这个方块字，左上角的"大"指的是大指，右上角的"九"为九徽，中部记弦数，"六"为六弦，中部周围为旁部，记录右手指法，"乚"为"挑"的减笔，即用食指向外弹弦。与文字谱相较，减字谱的确简明了许多，它至今依然是古琴音乐的重要用谱。

徐白赔着笑脸说:"爸,你看你这不是又说气话了吗?"

"我怎么是气话了?我怎么是气话了?我句句都是实在话。"徐韵生拎起他的那个小包就往医院门外走,边走边说:"破琴绝弦又怎么样?大不了和徐元一样洗茶杯去。洗茶杯有什么不好?和弹琴一样,都是做人。人都做不好,还弹什么琴?"这样说着就走远了。徐白急着拦了一辆的士,上去拉住父亲:"爸,你先上来,有话好说。"

"我有什么话?有谁和我说?"徐老先生还在生气,到底还是被大儿子拖进了车门,说:"爸,你是琴社社长,我们有话不找你找谁?你有话,不找我们,又找谁?"

这一番话才把老先生的气说消了一点。徐白叹了口气，头就靠在椅背上，再说不出一句话来了。

傍晚，红路回来了，高兴地对徐白说："徐白，你要的画，李子明让我带来了。"

徐白正在冲开水，听了这话，手抖了抖，说："怎么样？还行吧！"他冲完了水，就跑过来说："我先看一看，通不通得过。"

"一会儿你到徐华那里去看吧，我今日到他的茶楼，就放在他那里了。"

徐白愣住了，想沉住气，到底也没沉住，说："你到徐华那里去干吗？"

"不是说好了用他的小舞台演出的吗？"红

路倒是有点无精打采的了,靠在沙发上说:"徐华也是真能变,什么小舞台,我今日过去一看,一半已经隔了装潢成一个包厢。他那个小燕也真是厉害,我还没开口,她就先开口了,说什么服装模特表演,还有什么舞蹈表演,踢得尘土飞扬,不适合在他们茶楼里,倒还不如你的古琴,摆在那里,显出茶楼的档次。这丫头,倒还有点眼光。"

徐白想了想,说:"红路,看来这顿晚饭我是没法和你同吃了,我得到茶楼去,把画取回来。"

红路不高兴了:"你这是干什么?这样气急喉头的,你这不是明明埋怨我没把画直接拿回来吗?我就不明白,在你兄弟那里放一个晚上

琴与士

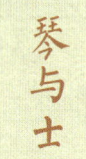

古琴自古便是文人精神生活中尤为重要的一部分。古人崇尚「德」，以修身养性为旨，体现在日常生活中，就是弹奏古琴。古琴不仅仅是乐器，它还代表了儒家文化以音乐治国、治心的行为准则，如徐上瀛的《溪山琴况》曾说：「凡弦上之取音，惟贵中和。」

又有什么关系?"

徐白怕红路再生气,他实在是吃不消几方面的夹攻,便好言好语地解释:"说你这个人一贯的马大哈嘛,你又不信。你还记得那天我们在茶楼里的时候,徐华是怎么问你要李子明的画的?你要不说清楚,他还以为这画是专门为他要的呢!"

红路因为在小燕那里碰了一个钉子,心里有气,就忘了前些天和徐白在湖边的那一场好吵,又开始发难了,说:"要是你连我也不相信,连你的兄弟也不相信,我还有什么话好说,我也就是白为你弄那些画了。"

徐白正在倒茶呢,听到这里,突然性起,狠狠地把手里的茶杯摁到地上。水星子飞溅,溅了两个人一身。红路"嘭"的一下从沙发上跳了起来,抖了半天嘴唇也说不出一句话,末了到底说出来了:"亏了你还是一个弹琴的人家,竟被钱逼成了这样一个疯子。"

徐白也不和她再争什么,他也说不出一句话来,扭头就走,出了门,也不知道自己是要到哪里去了。

等红路回过神来,寻到茶楼时,她才明白她刚才受的那一茶杯与眼前的情景相比,实在是小巫见大巫了。只见一贯傲气十足的研究生小燕此时惊慌失措地一把拉住了红路,言语不清地说:"拉都拉不开,拉都拉不开……"

红路一把推开了小燕,冲到楼上,眼前的

画面吓得她眼睛都发麻了——只见她那个世家子弟琴家传人丈夫，两只手掰住他的弟弟徐华的肩，把徐华抵到墙角。夜幕降临了，楼上的灯还没有装好，只有一盏小灯亮着，却把这兄弟两个的影子放大到了墙上。一个脑袋在他们之间来回地晃着，一点声音也没有，那是徐元。他身上还围着围裙，摊着两只手，像钟摆那样，一会儿走到哥哥那边，一会儿走到弟弟那边。他还不时地跺着脚。看得出来，他焦急万分，可是他一句话也说不出来了。

只听徐华气急败坏地说："你放手，你给我放手。"

徐白哪里会放手，他也气急败坏地说："你要是再敢——再敢——"

红路见状，突然悲从中来，她一把抓住站在后面的小燕的手，喊道："你们这是要我丈夫的命啊！你把画给我拿出来——"

小燕看样子也真是还没有见过这样的架势，就跺着脚喊："徐华，你快把画给大哥拿走吧，你看把他们急成什么样了——"

徐华就在一边挤着嗓子说："什么画，什么画，和画没关系。"他突然嘴软了，说："行了，我答应你，以后再不训徐元，够了吧！你放开，别再丢人现眼了。你看你把徐元吓成什么样了。我刚才那一下算得了什么，你放开。"

徐白这才放了手。徐元一见他们松开了手，自己也就不晃了。这三兄弟，就愣愣地站在了墙边，谁也不说一句话。

好半天，红路才走上前去，说："徐白，拿上画我们走吧。"

她抬起头来看了一眼丈夫，便低下头去再也不敢看，徐白的半张脸在阴影之中，现在他的目光中已经没有一丝刚才的歇斯底里了，他的两只眼睛，像是两块用忧郁结成的大冰块，上面裂开了无底的缝。他摇摇晃晃地走了出去，一边说："别跟我提画的事儿。"

红路这才放了小燕的手，问："怎么回事？怎么一眨眼的工夫就闹成这样子？画呢？"

徐华坐了下来，一边理着他的衣服一边说："嫂子，你和大哥不一样，他是山顶洞人，现在赤着一双脚要追时代的步伐也追不上。你可是明白人，你该知道，现在要打通一些关节有多

"孤山不孤"

西湖三绝之一,孤山之所以叫孤山,有种说法是此地长期有帝王园林,帝王自称孤,便称孤山。而"孤山不孤",一是从地质角度来说,它与大陆相连,并不孤单;二是此地备受文人青睐,俞楼、西泠印社、秋瑾墓、放鹤亭等等建筑,都是他们留下的痕迹。在假山叠石与亭台水榭之间,自然与人文呼应,共同织就孤山的丰富意涵。

难，有多微妙，你这几张画那就是最后的杀手锏了。有了它，这茶楼就成了，没了它，这茶楼就得再干耗着。干耗一天都是钱。都说钱是万恶之源，可是徐元他一下岗，老头儿就发心脏病了。谁救他？是我的茶楼，还是大哥那个没影子的琴馆？刚才徐元整理茶杯，把上好的景德镇茶杯敲破了好几个，你说我要不要说他几句？我喉咙响一点，这也算不得什么，徐元脑子有病，你不响点能行吗？谁知我才没说了几句就让大哥撞见了，啊呀，那还了得，反了天了，要抃死我了。我知道大哥从小就护着二哥，这也难怪，同情弱者嘛。可是真到大事情面前，他还那么做，我就不得不怀疑了，难道我在他心目中，真的还不如一个弱智者吗？"

红路听了徐华那么滔滔不绝的控诉，心想，一个娘生的，真是不一样，徐白都说不出话了，徐华还能说上那么多。再看看徐元，站在墙角边，一声也不吭，一动也不动，也可能他是被吓坏了吧。红路知道徐元的病状，自从脑袋被碰过之后，他就再也不会流眼泪了。他的最极端的表现，就是这样站在墙角，一声不吭。小燕不知道这些，过去，拉着徐元说："二哥，别害怕，没事儿，都过去了。你还是整理茶杯去吧，没事儿，再没人敢骂你了。你放心，有我呢。"

徐元吓得一个劲儿地摇头，一个劲儿地摇头。红路就说："小燕，你没看徐元吓成什么样了，难怪徐白生这么大的气。徐元有病，经不起吓的。你再叫他去弄茶杯,他哪里还敢?我看今日就算了吧。"

小燕却不饶,说:"嫂子,二哥今日一定得过这一关,过得去就过去了,过不去,明日他也不敢再来这茶楼了,这是心理学。听我的,没错。二哥,你跟我来,我跟你一起去,没事儿,砸破了也没事儿,不就几只茶杯吗,砸破了我赔就是,有什么大惊小怪的。"这后面几句话,分明就是说给徐华听的了。说着,她就小心地拉着徐元的手,下楼去了。

红路还能说什么呢,她本来还想诉诉她的舞蹈专场的筹备之苦,突然觉得一切都没意思,没什么可说的,没什么可说的了。走吧。

她一个人慢慢地沿湖骑车,骑了好远,才

平湖秋月红枫　吴国方　摄于2021年

"风静片云消,寒波浸凉月。疑有夜吟人,推蓬落枫叶。"桂花的清香还未散尽,枫叶又为平湖秋月亭染上了第一抹丹红。

想起来，关于画儿的事情，她竟忘记提了。

徐白未来的琴馆所在地，就在他从前的办公室旁边。一间曾经是木匠干活儿的平房，有二十平方米左右，和周围一些建筑比较，自然寒酸。徐白原来也是因为下意识地想与环境拉平，故而东拉西凑地化缘来装修。现在看来，外部的形象是已经差强人意了。白墙黑瓦，门前修竹，倒也朴素。只是屋里的展品架子和桌椅用具，因为资金不到位，迟迟不能配备。小燕夹着李子明的两幅画，找到琴馆时，正是盛夏的上午八时左右，琴馆里，已经传来了木工干活儿的锯刨声。

小燕是来还那被徐华扣下的画的。昨日夜

里，这一对有诸多共识的情人大吵了一架，突然发现共识甚少起来。小燕大骂徐华不要脸，徐华听了脸孔发白，几乎要给那女研究生一耳光，他大叫道:"还不是你逼着我走到这一步的？你要不是那么催死催活，我会那么做吗?"

小燕也大叫:"我怎么知道世界上还有你大哥这样分量的人？你和他生活了二十几年，你应该比我清楚。"

"清楚了又怎么样？没有这些画，茶楼不是照样开不起来。你是要茶楼，还是要我大哥那个一分钱也不能挣的古琴?"

小燕倒是被问愣了一下，半响才说:"徐华，你看我如今满嘴的钱，都担心这样下去我会不会连我自己的那个专业也讨厌起来!"

徐华倒是吃了一惊，"小燕，你也厌了？"

小燕摇摇头，说："这时候我不该说泄气话。你把画给我吧，我明日给大哥送回去，你们兄弟之间，也好有个交待。"

徐华苦笑着说："小燕，我说你对我们这一家还是所知甚少吧，怕你听了不服气。你以为大哥这样的人，真的是可以随便冒犯的？他今日算是把事情做绝了，我们手足一场，从小到大，他还没有碰过我一个手指头呢！"

"那，我把画送回去，我替你赔礼道歉！"

"要能送得回去就好了，"徐华苦笑着打断了小燕的话，"要能送得回去就好了，你不知道他是个什么样的人，你不是在琴声里长大的……"徐华不想在情人面前出丑，掉转头就走了。

此刻,徐白正在屋子里干木工活,看见小燕进来,点了点头,说:"自己找张凳子坐,我得趁着早上凉快,多干一点儿活。"

小燕找了一块长木头条子坐下,说:"大哥,你也会干木工活?"

"算是会一点吧,从前当知青那会儿,什么都学会了一点。你喝水,我这里有矿泉水,琴友赞助的。"

小燕故意把画放在徐白视线能看到的地方,她明明看到徐白是看到了,但他好像一点也没有看到,他正在专心致志地做一只柜子。没有贴墙纸的粉墙上,还挂着那只琴囊。

这里很安静，窗外的绿竹浸着风，飒飒地响，很好听。小燕觉得这声音恍若隔世。

徐白问小燕有什么事。小燕说："没事儿就不能来走走啊？就是想来看看你嘛。"

徐白没有像她平时打交道的那些男女朋友一样接过话茬儿，就浮儿不当正经地开起玩笑来。徐白对她的说话方式完全是另一种类型的。他说："那你就坐一会儿，我得把这只柜子钉完，还要打砂皮。"

小燕突然发现，徐白完全不是她第一次看到时那个讨巧卖乖的背时的焦灼的中年男人。他手里拿着榔头，脸上淌着汗，瘦瘦的胳膊上，肌肉绷得紧紧。他的神情很集中，一点也没有杂念。小燕隐隐约约地明白了，为什么当年最

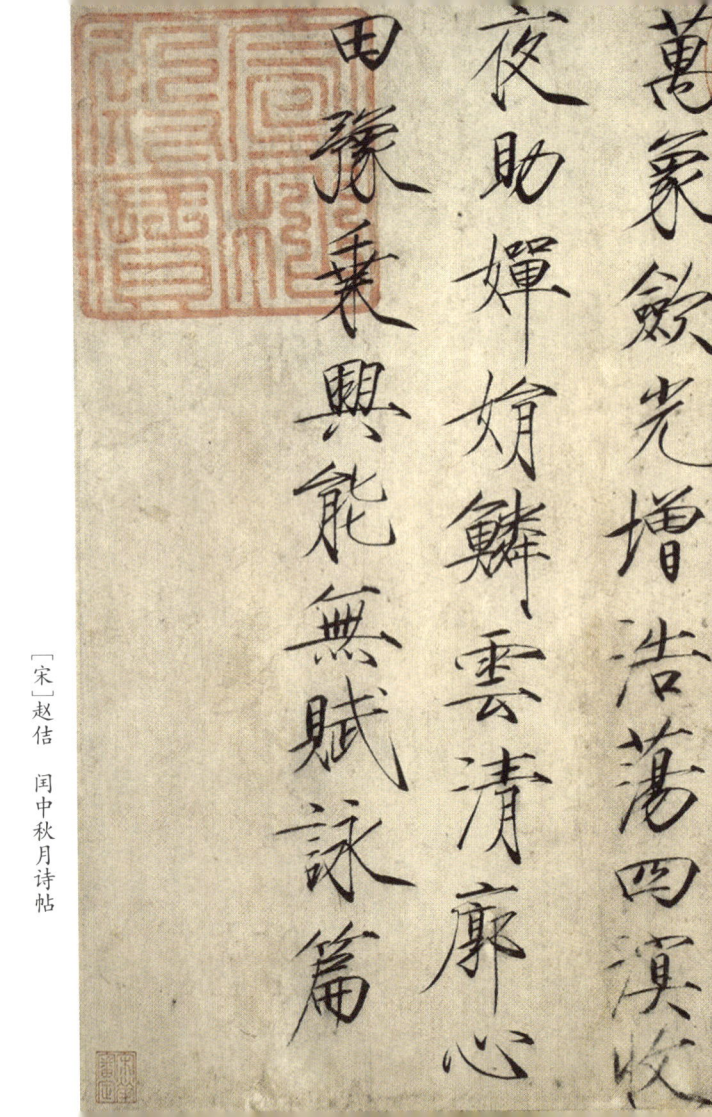

萬象斂光增浩蕩四溟收
夜助嬋娟鱗雲清廓心
田豫乘興能無賦詠篇

[宋]趙佶　閏中秋月詩帖

閏中秋月

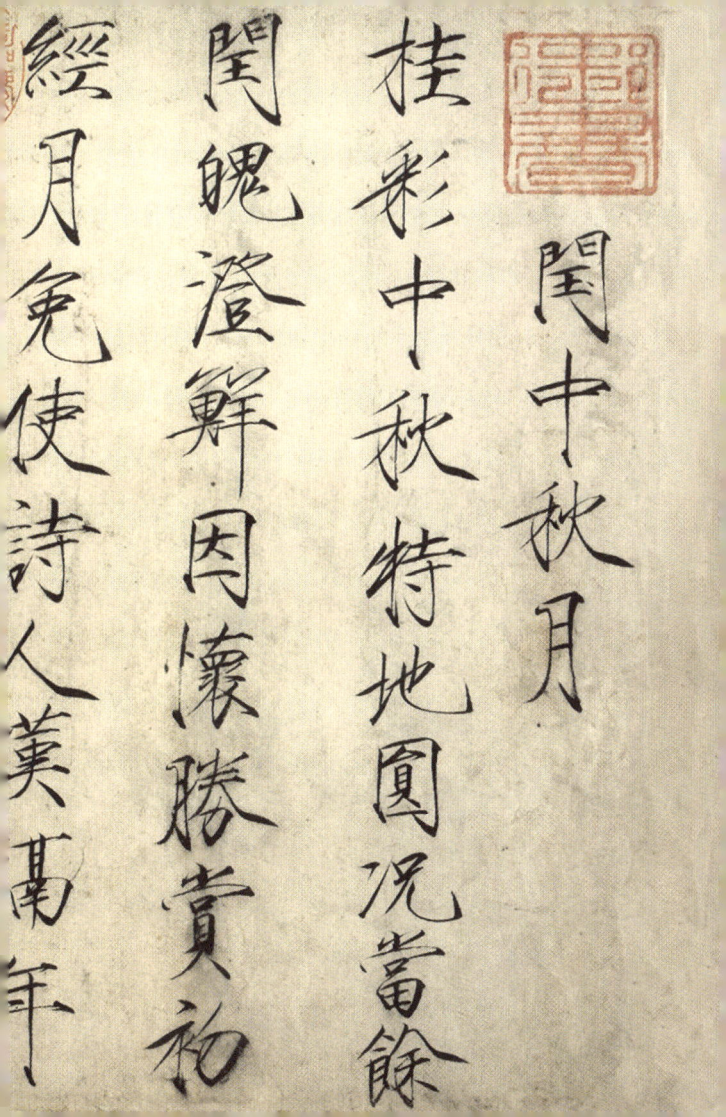

桂彩中秋特地圓況當餘
閏魄澄鮮因懷勝賞初
經月免使詩人羨萬年

走红的红路会嫁给这个男人。

小燕说:"对不起,我不该没打招呼就来。"

徐白点点头:"没什么。只是以后不要用刚才那种口气和我说话了,其实我和你们是两代人。"

小燕暗暗吃了一惊,一时就语塞起来。为了弥补她刚才说话时的不得体,她拿起一块砂皮,就帮着徐白干起活儿来。徐白说:"你别先磨这个,这个我还没做完。墙角里有几张凳子,你先把它们给打一遍吧。"

结果,小燕半个上午再没说上一句话,光顾着给那儿张凳子打砂皮了。

总算等到徐白发话说:"行了,我的柜子也钉好了,休息一会儿吧。"小燕还不敢马上放手,又装模作样地磨了一会儿,这才放下,到门口洗了手进来。徐白正在喝水,小燕再不敢用轻浮的话与徐白打趣了,看到墙上那只琴囊,才算是找到了话题,小心翼翼地问:"我能看看你的琴吗?"

徐白说:"想看就看吧。手要洗干净,放在那张台子上,别碰坏了。"

这几句话又把小燕说得诚惶诚恐,她还想用点玩笑话冲淡气氛,想问一声,要不要焚香沐浴,话到嘴边又咽了下去。她轻轻地取了琴出来,却看不出什么特别之处。琴是七弦琴,也不大,普普通通的。小燕用手拨了几下,那声音也说不上悦耳,比起电子琴,要轻微多了,要单调多了。小燕学的专业就和艺术少有挂牵,她实在不明白，为什么还有这样一些人，为这样一种乐器，弄得好像要赴汤蹈火似的。她也不敢随便打听，只好换了一句话问："怎么声音那么轻？"

徐白喝着水，反问："怎么，你觉得琴的声音很轻吗？"

小燕的脸突然红了，她是明白人，知道这就是徐白的回答。

"与其说轻，不如说低吧。"

小燕连连点头，琴声，给人的感觉，不是轻，而是低。这是绝不能够弄错的，绝不能够弄错的。

徐白这才说了："你不懂音律，我一时还不能给你讲清楚何为琴，何为琴道。不过你可以记住，中国人有句乐理，叫作大音希声。什么叫大音？五音之首宫音为大音，以宫为主，生出商角徵羽，合为五音；又生变宫，变徵，合为七音。什么叫希声？黄钟在十二律中为最低音，亦名大声、首声、始声、希声。总之，振动之响，未分音阶前谓之声，分成音阶后，谓之音。按律为声，按乐为音。律声，分清浊，分阴阳；乐音，分高低，分强弱——"徐白见小燕听着听着一头雾水起来，就停了话，说："暂时就讲这些，以后你有兴趣，我再说吧。"

小燕连忙说："我有兴趣，我有兴趣。我以后也要来参加你们的琴社。"小燕说的是真心话，她毕竟是个受过高等教育的人，知道什么事情是应该去理解的。这么说着，她就站起来

清江引十一首 其六 平湖秋月

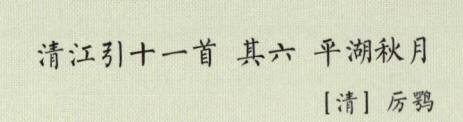

[清] 厉鹗

月明满湖刚著我。
不搅鱼龙卧。
碧澜寸寸秋,
挂子纷纷堕。
星河醉惊都绕舸。

出了门，却见徐白拿了那画，放到她自行车的前筐里，又找了绳来扎上，说："画你们拿回去，我已经不需要了。"

小燕这一下急得是要哭出来了，说："大哥，你不知道徐华悔成什么样了，你不要，我怎么回去和他交待？"

徐白说："我是真不要了，昨夜李子明接了红路的电话，一大早他亲自又送过来两张，我都没要。你看，我自己动手，不是照样做到这个份上了吗？这个琴馆，我已经想定了，再不向人家要一分钱，我们自己能干出来。"

"你不要，我们也不要，你爱怎么处理就怎么处理吧。"小燕说。

"那我就送给你们了。"

"为什么?"

"哎,我是老大嘛,宫商角徵羽中的宫嘛,十二律中的黄钟嘛。没有我老大,哪有他老三呢。自然规律叫我这么做的嘛。"

小燕的眼睛一下子湿了,跳上车就要走,临走了也没忘记说:"大哥,徐华要是再敢吓着徐元,我就和他一刀两断。"她不知道再说什么来让徐白放心了。

徐华和小燕的平湖茶楼是建起来了,法人代表却是徐韵生。徐老先生一开始还不知道,还是琴友看了那证书挂在茶楼上,急着去告诉徐老先生,他听了几乎晕倒。想了好久,也想不出,没有他的户口本子,这帮小祖宗是怎么把他掘出去的。那日夜里，老先生再无心操琴，闷坐半晌，恍然大悟，轻轻把徐元叫来。也不和他说什么，只拿眼睛盯着他，好一会儿，才说："真想不到，你也会干这等不上品之事了。"

徐元就把头低了下来，两只手搓来搓去，一会儿，就把手伸了过去，说："你打。"

"三十多岁的人了，我打你？你倒是一点也不笨的呢，怎么不用你自己做了法人代表啊？"

徐元憨憨地就笑了，指指自己的脑袋说："我有病。"

徐老先生也笑了，鼻子就酸了起来，说："谁说你有病，你倒是连户口本都会偷的人了。不相信我告诉你大哥，叫他评评理看，你倒是真的有病，还是聪明过头了呢？"

逸云寄庐

逸云寄庐,又称明鉴楼,建于1927年,定址平湖秋月亭对面。北大校长、教育家蒋梦麟曾于此小住。

徐元就走了过去，从身后掰住父亲的两只耸起的肩膀，摇来摇去地摇。这种特殊的语言只有徐老先生自己知道，那是三十多岁的儿子在向他撒娇呢，看样子又有什么花样要玩了。徐韵生就说："不要作死，自己说，又有什么事情要为难我了？"

徐元就掏出一份海报来，那上面写着茶楼几号开张，请了怎样的名家来操琴。徐韵生说："给我看这个干吗？和我有什么关系？"

徐元就一声不吭地用力摇起父亲的肩来，父亲知道这是徐元发急了，就说："还不快去找你大哥，这是他答应的事情。"

徐元就摇头，说："不答应。"

"谁，谁不答应了？"徐老先生的确感到奇

琴操

[汉] 蔡邕

昔伏羲氏作琴,所以御邪僻,防心淫,以修身理性,反其天真也。

琴长三尺六寸六分,象三百六十日也;

广六寸,象六合也。

文上曰池,下曰岩。

池,水也,言其平。

下曰滨,滨,宾也,言其服也。

前广后狭,象尊卑也。

上圆下方,法天地也。

五弦宫也,象五行也。

大弦者,君也,宽和而温。

小弦者,臣也,清廉而不乱。

文王武王加二弦,合君臣恩也。

宫为君,商为臣,角为民,徵为事,羽为物。

怪了,他还从来没有从人家耳朵里听到大儿子有什么不答应的事情呢。

"大哥。"徐元说,"不答应。"

徐韵生这才知道这不是一件小事了,琴社上了海报,君子一言,驷马难追,怎么可以出尔反尔呢?他旋即给徐华打了一个电话,徐华在那一头说:"老先生,我是没有办法了。徐元是你的儿子,我也是你的儿子。徐元下岗我收下了,我出洋相你也不能不管。"

徐韵生问他有没有找过大哥,徐华知道一家人都瞒着老头,不让他知道他和他大哥差点打了一架的事情,便也按下此话不提,只说找过了找过了,谁出马也不行,连大哥最买账的徐元去了也不行。

放下电话,徐韵生才问徐元:"你真去过你大哥那里了?"

徐元就点点头。

徐老先生又问:"他怎么对你说的?"

徐元一声也不吭,他的神情,突然变得很庄严,他小心地说:"不好讲的。"

徐韵生知道,这就再也别想从徐元这里问出什么话来了,这么想着,就说:"元儿,去把外衣给我拿来。"

徐元的确是被他的弟弟徐华派到徐白那里去过的。徐元手里也是拿着那一张海报。谁知正在干活儿的徐白这一次连正眼也不看一下,只让徐元先喝了矿泉水,就调制作柜子油漆前所要用的石膏,接着就是老方一帖,给他的木器打砂皮。徐元也是老实,一声不响地喝了水就干起活儿来。过了一会儿。突然说:"我有嘉宾,鼓瑟鼓琴。"

这是《诗经·小雅》里的《鹿鸣》一诗中的名句,从前徐白弹琴得意时常常要诵咏的。徐元只在一边听过,没想到他今日就突然冒了出来,作为他的对此事的发言。然后,徐白就走到大弟身边,说:"徐元你可是一个人精啊!"

这么说着,却发现徐元手里有血,把柜子的白木头也染红了。开始徐白还以为是徐元替他打砂皮打出了血,抬起他的手一看,才发现不是,显然是给瓷碴子扎的。他知道这是怎么一回事了,握着他的手足,好一会儿才说:"徐元,你再等一等。等我的琴馆建好了,到我这

和西湖霁上人寄然社师

[宋]林逋

竹下经房号白莲,社师高行出人天。
一斋巾拂晨钟次,数礼香灯夜像前。
瞑目几闲松下月,净头时动石盆泉。
西湖旧侣因吟寄,忆著深峰万万年。

里来医琴吧。"

徐元想了一想，脸上就露出了疑惑，问："那，谁洗茶杯呢？"

徐白很吃惊，反问："你愿意洗茶杯？"

徐元又想了想，便点点头。这一点头，把徐白点蒙了，再问："你不愿意到琴馆来？"

徐元说："我不愿意爸爸发心脏病。"

这是他平日里说的最长的一句话了。说完，他就又拿了砂皮去打。徐白连忙找了一双手套给徐元戴上，却突然看见了徐元后脑勺上的一块疤。那一年徐元被人从台上推下来，正是徐白把他背到医院去的。他还能清楚地记得，徐元的血是怎么样流了他一身的。到了医院，医生还以为他也受伤了呢。这么多年过去了，徐白也就不太想到这件事情了。突然一下子重新看到它,徐白的胸一抽,痉挛般地痛了起来,他的手就捂在了胸口上。这一次是徐元发现了,他停住了手,惊慌地看着他。徐白笑笑,说:"我也有伤疤。"

"在哪里?"徐元问。

徐白就指指自己的心。徐元仔细地凑上去看了一下,说:"没有血。"

徐白就叹了口气说:"就这一点和你不一样。"

他走开了,继续干他自己的活儿。突然,徐元叫了一声,说:"白天医琴,夜里洗杯。"

徐白看到徐元兴奋的表情。他冲着徐白喊道:"白天医琴,夜里洗杯。"

徐白知道，这是徐元终于想出一个两全其美的办法来了。这样，白天，他是属于琴的。夜里，他就可以属于使他的老父亲不会发心脏病的钱了。

徐韵生是夹着那把仲尼琴去的琴馆。那一日正下着雨，隐隐地就有着几分秋意了。湖边马路靠里面的那一边种的都是法国梧桐，此时便有几片落叶在空中翻飞着掉下来，直到贴在了湿漉漉的柏油路上。亮晶晶的绿中泛着黄色，雨打阔叶，淅淅沥沥，实在好听。再见西湖烟雨空蒙的样子，群山一时隐去，湖面就一下子阔出了许多，连那湖边的柳条也坚硬了些许，在风中飘扬得很有骨气了。徐老先生就想，该

平湖秋月　　[日]亚细亚大观写真社
摄于1936—1940年间

此地三面环水,集中了全湖的胜景,是仲秋时节赏月的地点。秋天气候晴爽,水面毫无波纹,皓月高悬中天,千顷一碧,恍然之间忘却俗世。

和徐白弹一曲《西泠话雨》,才配得上此时的景致啊!

徐白的琴馆里却是一股油漆气。原来那些柜子都让徐白和几个朋友自己动手做好了,虽然没有行家的规矩,倒也可以说是齐整的,昨日用荸荠色漆了,原想等几个好天气,待油漆干了,再漆一遍。徐白想了,虽是自己做的木工活儿,比不上家私城的豪华家具,但配上自己制作的琴,却是天衣无缝的。不这样搭配,倒是不对了呢。所以漆是必定要上三遍以上的,还要罩清漆。可是天公不作美,却下起雨来。徐白从前是很喜欢西湖边的雨的,以为这是人生一特景。今日却烦了它,手里拿把王星记的黑扇,一个劲地在柜子边扇着,也不知是扇自己呢，还是在扇柜子。恰好这时父亲徐韵生走了进来，见他这副样子，就顺手开了电扇，说："何苦热成这个样子，这间屋子闷得很呢。"

徐白连忙扑过去关了那电扇，说："我可是特意关了电扇的，就怕一地的灰沾在柜子上，油漆还没干呢。"

老先生喜欢徐白这种做派，便也随着儿子一起熬热，只是说："有客抱琴来，与君同寂寥。你看这把琴，我是制好了，山东那面还没来得及取，先放在你这里养一阵子吧。"

徐白就伸手从父亲处捧了琴来，琴是好琴，不用说的，徐白置琴于案上，见那七弦张于板面，右出岳山，左入龙眼，按下手指一试，发音清亮。琴家本来就有"左一纸，右一指"之说，说的是琴面过高则碍指，过低了又损音，只有"左一纸，右一指"了，才既不影响音亮，又不发生抗指弊病的。这架仲尼琴，正是恰到好处了呢，所以音质十分对徐白胃口。他不假思索地调了一会儿琴，就弹起了一首曲子，却不是徐老先生触景生情想到的《西泠话雨》，而是那一首千古绝唱《思贤操》。但见徐白一气呵成此曲。他分别用中音、高音和低音三段复奏。一时间徐韵生觉得悲秋之气袭人而来，琴韵低回，音色幽冷，芳草凄迷，斜阳昏淡，恍兮惚兮间，似见当年孔子皇皇汲汲于道上，悄然思念弟子颜渊。正要被这伤怀悲悼之情摄去了魂魄，突然又恍然觉醒，韵音中意存有铿锵之声，强健不屈，独立不阿；君子忧道，虽希声却是大音。徐老先生知道儿子的琴道又上了一层，心里且喜且悲，竟不知说什么才好。站起来，他就恍恍然走到了大门口，徐白追了上来，叫道："爸，你怎么连伞也忘了拿啊？"

徐老先生就恍恍然地接了伞，要走未走，徐白迟疑地问："爸，我多日不操琴了，你是不是觉得我手生了？"

徐韵生看着他的大儿子，半晌才说："怕不是往日我传你的琴操太深了吧？你今日的音律便是有些不可自拔了呢。"

徐白立刻就明白父亲此话之深意了，又问："不可自拔，诟在何处？"

"岂能言诟，岂能言诟。"徐韵生摆着手说，"我只是想说，琴自伏羲传至今，并非只是有操，还另有畅，有引，有弄。和乐而作，命之曰畅，言达者兼济天下，而美畅其道也；进德修业为之引，申达之名也；情性和畅为之弄，宽泰之名也。这些年来，你却独喜不失其操之操，不知是否过犹不及了呢？"

这一番话倒是把徐白听得直冒冷汗了，口说："父亲竟在我的琴声里听出了过犹不及，这才离席而去！"

徐老先生连连摇手，说："哪里，哪里，我是唯恐再听下去，与你一起不可自拔，不如就此告辞了的。"

他这才接了雨伞，踽踽而去也。

日月穿梭，白驹过隙，转眼八月中秋。杭

杭州的中秋

南宋时的中秋节,大家可以在白天看水军的表演,到亭上观潮,晚上城中还有赏月排会,在暑气将散时,于湖上饮酒,待夜深船静时,如在广寒宫内。而到了今天的中秋时节,亲友间互赠月饼,杭州的居民还可以相携夜游西湖,苏堤上人头攒动,联袂踏歌,与白日无异。

城多雨，常常到了月儿团圆的日子，却淫雨霏霏起来。故而，一旦有个中秋月高的晴朗之夜，杭人往往就会倾巢而出，满城空巷，环湖皆人。

那一夜平湖茶楼的门前大草坪上，一圈圈地坐满了人，个个点着蜡烛，于明灭晦暗中做着"明月几时有，把酒问青天"的幽梦。嬉笑中还有人隐隐听得身后茶楼中，偶有琴声传来，也是隐隐约约的，作了生命的背景。

有人说，那是琴社的雅集呢。听说老先生们都出动了，请了大江南北四方之人，来此茶楼同乐，共庆这太平盛世永乐永昌，但不知刚才齐奏的是一曲什么。暗中便有人道："这正是前辈所弹之《和平颂》，五十年代脍炙人口的获奖节目呢。"

春栖放鹤亭　吴国方　摄于2018年

宋代林逋隐居西湖孤山,植梅养鹤,终身不娶,人谓"梅妻鹤子"。放鹤亭即是为纪念林逋所建。

众人便息声而听,有人听了一会儿就笑了,说:"那不是台湾民谣《兰花草》吗?"

又有人笑着说:"怎么不来一首刘德华的《来生缘》呀?"

"《月亮代表我的心》也可以啊!"

说笑声重又雀起,红尘的声音到底是喧哗于湖上月中的缥缈之乐的。那暗中的人儿便独自地走开了,谁也没有看到他一直就站在茶楼下一处看得到阳台的地方。那上面,徐韵生老先生正带着他的那一群弟子及四方琴友,弹兴正浓呢。

夜半时分,人琴俱散,灯火阑珊。但见一轮明月,冰清玉洁,照耀湖上,竟反泛出一片光芒,折射人间。小燕正在楼下张罗着关门,

西湖琴社

徐元白在1946年回到杭州,重整旧居"半角山房",又与马一浮、张宗祥、张大千等人筹办西湖月会(即西湖琴社前身),一起吟诗下棋,讨论金石书画,切磋琴艺。因与会者会带着一壶酒或是一碟菜,因此也谐音"蝴蝶会"。

突然见一人上楼，正要拦他，定睛一看，连忙折入旁边一小门，对那里面正忙着算账的徐华说："大哥来了，大哥来了。"

徐华连忙问："背着琴吗？"

"背着呢，怕就是那架仲尼吧。"

徐华一听，松了一口气，就瘫在椅子上了。俄顷，却听到了楼上传来琴声。小燕不识琴曲，便问："这是什么曲子？"

徐华也听了一会儿，说："哎，真还没有听到过。"

小燕就站到了门口，说："这琴声，倒好像是专门为了这样的夜出来一样，从前听人家讲的天籁之声，大概就是这个吧。"

这么说着，两个人就悄悄地上得楼去。

却见红路徐元早就坐在那里，都正静静地听着徐白弹琴呢。

从这里望出去，可以看见明月下的西子湖，湖上三岛，呈品字形，镶嵌在黑宝石一般的湖面。又见三潭印月，隐隐约约，在水一方。真是地上平湖，空中秋月，那琴声，明明是从徐白的指下流出，却仿佛是从很远的地方，从那山林湖泽，天上人间处渗溢而来一样。徐元在一旁听着听着，就拿出了一张人民币，红路悄悄地拉住他的手，说："别打搅你哥。"徐元不听，挣脱了嫂子的手，把那张五元钱放在徐白的琴边，说："给你。"

徐白几乎没有用眼睛看那钱，但他知道，那张五元钱，当中是有一道裂缝的。

徐华却轻声地叫了起来："大哥，你看，你快看，徐元他哭了，徐元流眼泪了，我二哥他会流眼泪了……"

这么叫着，徐华突然就语塞了，小燕和徐华多年同学，第一次看到他突然难以自控的悲喜交集的神情。

所有的人都看见了徐元在月光下的亮晶晶的眼泪，细细的两道，正从脸颊上爬下来，像两道琴弦。

徐元自己却没有家人们被击中般的激动。他凑近了琴台，侧耳，皱着眉头，手指修修长长地轻轻打着节拍，口中还念念有词：

秋之水兮，其色幽幽。

咏贫士七首 其三

[晋] 陶潜

荣叟老带索,欣然方弹琴。
原生纳决履,清歌畅商音。
重华去我久,贫士世相寻。
弊襟不掩肘,藜羹常乏斟。
岂忘袭轻裘,苟得非所钦。
赐也徒能辩,乃不见吾心。

我将济兮，不得其由。
　　……

徐元吟哦的，正是徐韵生早年所教的《将归操》。那时，徐元还没受伤呢。

徐白却一直未停下手来，仿佛这一切正是他意料中之事；仿佛他的琴声今夜在此，正是为了迎候久违的泪水。他甚至伴着琴声，与徐元一起轻轻地吟哦起来了——

　　秋之水兮，其色幽幽。
　　我将济兮，不得其由。
　　涉其浅兮，石啮我足。
　　乘其深兮，龙入我舟。

我济而悔兮,将安归尤。

归兮归兮,无与石斗兮,无应龙求。

……

怀才抱器　人琴俱杳

——《平湖秋月》琴操记弦

《平湖秋月》写在《断桥残雪》之后，是十部小说中最先创作的一批。从小说的场景中便可看出，那时的西湖边"亮灯工程"正兴，一到晚上，湖边大树小树间亮起的绿荧荧的光从底下射向天空，保俶塔碧幽幽的霓虹光直冲霄汉，西湖便怪异神幻起来。

　　那时候写一家琴人发生在西湖边的故事，实在是很不搭调的。但我恰是在这时接触到了浙派古琴的韵音。在此之前我也习过一段时间乐器，因日后是要当音乐老师的，故习的是钢琴，对国乐了解不多。弦乐中除了会一点二胡，弹拨乐是一窍不通的。故只听闻古琴乃高山流水之道器，其余并不知晓。

那日也不知是怎么样的机缘，恰遇一女友身背一架古琴，说是去勾山里找师父习琴。我不胜羡慕，故随其一同去了勾山里。勾山里今天已经成了杭州一个小而著名的景点，地名也恢复为从前的"勾山樵舍"，就在西湖柳浪闻莺公园正门对面，南山路与河坊路交会处。这里原是一处以石砌高墙为屏障的旧式院落。清代著名学者陈兆仑筑宅第于此，院内有一小山坡，随了陈兆仑的号，亦称为勾山。山高不过数十级，上有一井一泉，名其屋为"勾山樵舍"。

我那日去前已隐约听说晚清才女陈兆仑孙女陈端生，曾在此墙门中住过。受家学熏陶，长于诗文。嫁范秋塘后，与丈夫以诗唱和。范秋塘后被诬告忤逆，遣戍新疆伊犁边塞。陈端生为抒发对丈夫的思念，继续撰写弹词《再生缘》，托名元代女子孟丽君，家为奸臣所害，男装出逃，应试状元及第，官至宰相，与夫同朝而不相认，塑造了一个年轻有为、机智勇敢的女子形象。

可眼前的勾山里全无当年文气，一个再普通不过的小墙门，里面却住着大名鼎鼎的浙派古琴传人徐匡华，也就是我那个女友的师父。1912年，徐匡华的父亲徐元白拜杭州照胆台方丈——清末大琴家大休法师为师，尽得浙派技艺，又博采众长，继承浙派"微、妙、圆、通"的潇洒奔放特色的同时，自成一种古朴典雅、深造内含、抑扬顿挫的独特风格，韵味深长。而徐匡华退休前是杭州四中的地理老师，他也是古琴演奏家，任中国管弦乐学会古琴专业委员会的常务理事，还曾经担任西湖琴社社长。

踏进徐家门便到了堂前，徐先生正在一张八仙桌上吃饭，桌上放着几碗菜，徐先生穿一件套头圆领白汗衫，头发花白，身体清癯，手握一双筷子，正与一位山东琴友讨论着一截制琴的木头。石灰墙上挂着四架还是五架琴，我已全然忘记，只记得颜色与八仙桌很是搭调，都是荸荠色，发着幽暗的亮光。不大的房间，柴米油盐和琴棋书画，错落有致地混搭在一起。女友想是为了助兴，也为了得师父的指点，打开印花蓝布制作的琴囊，抽出古琴。我指望她弹奏一曲《高山流水》——那时的我甚至不知《高山》和《流水》是两首琴曲。结果朋友弹了一曲电影《闪闪的红星》的插曲《映山红》。我十分惊讶地想，原来古琴也是可以发出革命之声的，就像古琴也可以挂在墙上，闻着八仙桌上的白饭腊鲞。

回家后我便开始查浙派古琴资料。方知浙派古琴的创始人乃南宋时期著名琴家郭楚望，他创作的《潇湘水云》《泛沧浪》《秋鸿》等传世之曲，为浙派琴艺的形成奠定了基础。徐元白是新浙派古琴的开创者，被称为"重振浙派第一人"，而他的儿子徐匡华也就是我当年见着的那位边吃饭边和琴友讨论斫琴之木的琴人。

许多年后《钱江晚报》要搞一个大活动，总编辑鲁强其时还不叫鲁引弓，《小别离》《小团圆》《小欢喜》等亦尚未孕生。他问我活动可以有什么别出心裁的主意，我说张艺谋电影《英雄》里有一个弹琴的高人，叫徐匡华，就在杭州，不妨请他出马。果然那天老人家被众人扶着来了。本想意思到了便可，哪里晓得琴家的意思和我等俗人的意思完全是不一样的意思。老人家气定神闲地弹开了，视座下我等如无物，时间稍长，有人想去提示一下，被他顺手一抚弹开……我想起了很久以前那个一边划拉着筷子吃白饭一边讨论琴事的大师……

再以后，某日西湖边的汪庄，文人骚客于此相聚，我认识了徐家第三代琴人徐君跃。出身古琴世家的他，自幼便随家人习琴，后又师从龚一、姚丙炎、吴文光等古琴名家，尽得真传，是浙派徐氏古琴的第三代传承人。他年轻潇洒，抱琴而来。那日莫言也来了，他当时还没获诺奖，自称祖籍乃浙西南处州人氏，一时便老乡对老乡。作家陈军也激动了起来，当场摘下挂在腰间的一块璞玉赠予莫言。而君跃亦在此时弹奏起七弦琴——峨峨兮若泰山之高山乎？洋洋兮若江河之流水乎？我立于一角，环顾周遭。想起当年汪庄主人茶商汪自新，善弹琴，善制墨，在湖边建此茶庄时，曾筑一楼，名"今蜷还琴"楼，藏唐宋名琴百余把于其间。

此楼今尚在，人琴两茫茫矣。

1929年张静江在杭州西湖边举办了西湖博览会，汪自新拿了三架古琴去参展，分别是他的先人汪宗先斫的"修琴"，元人朱致远斫的"流水"和唐人雷威斫的"天籁"。谁知现场竟然有位鉴赏者说"天籁"并非雷威所制。汪自新为此登报质疑，那鉴赏者也撰文回辩，说雷威制作的天籁琴底板应是楸梓而非黄心梓，要分辨是否为楸梓，须锯开琴板，若为紫黑色，才能证明。汪自新为此特意召开记者发布会，邀集同好及各方学者，当众锯开"天籁"底板，果为紫黑色。次日杭州报纸便以《日夕望君抱琴至，空山百鸟散还合》为题报道此事，那位鉴赏家从此销声匿迹。故又有时人以"前有陈子昂,后有汪自新"一句,赞其为赏琴大家。此风流传奇但不知确乎。

汪庄建于西湖南长桥边,秋水山庄遥遥相闻于西湖北山断桥旁,其中曾住着一位红颜琴痴沈秋水,乃《申报》巨子史量才之如夫人。汪自新曾在聚会上赠送史量才、沈秋水夫妇一对古琴,分别名为"耳通"和"海涛"。谁知1934年11月13日,史量才从杭州返回上海的途中被人暗杀,命丧枪下,年仅五十四岁。史量才用生命捍卫了《申报》的宗旨,当得上大丈夫。葬礼上,在暗杀中逃过一劫的沈秋水一身素服,拨弦弹奏《广陵散》,为史量才送行。一曲完毕,琴弦已断,沈秋水将古琴扔入火中,从此也算是人琴俱亡了。

后人多以为当年汪自新赠送的古琴随史量才与沈秋水而殁,不承想八十年后,这两架琴重出江湖。上海崇源2009年的春拍出现了一对拍品,为两把古琴:一把仲尼式,名"耳通",上有"量才道兄大颐之庆,以此琴寿之"的上款,又有汪自新的印章;另一把蕉叶式,名"海涛",则有"秋水吾姊清玩"的上款,当为汪自新制作并题。此次春拍现身的两架古琴,是否为当年所赠?抑或是后人比附?答案也许已消散于西湖的烟雨之中。

纯粹是为了纪念徐氏琴家,我让小说《平湖秋月》中的琴人一家姓徐,三兄弟老大徐白,老二徐元,老三徐华——不才冒昧,把已归道山的两位先人大师的名号都用上了。故事其实并不复杂,不过讲了这三兄弟都会琴,但对物质与精神各有各的认识。在一个普遍粗糙、粗粝、粗俗的世道里,如何保留和坚持着那种精益求精的品味呢?老大要在入世中做出世之事;老三完全入了世;而老二因为脑子受过伤,从此出奇地停留在晶莹世界平湖秋月中。

我并非想在道德评判中描述这一家琴人的人生经历,只是觉得即便为古琴,亦有四种境界:曰畅;曰引;曰弄;曰操。三兄弟的父亲听了老大徐白的《思贤操》,不但不为老大的大有长进而慰藉,反倒为其担忧,担心他的长子陷在"操"中难以自拔。

究竟什么是中国人最为圆融无碍的生活呢?

大概就是鱼和熊掌兼而有之的生活吧。既有冰山下百分之九十的下里巴人，也有冰山上那百分之十的阳春白雪。小说中有个情节，说的是徐白为了建琴室要拉赞助，做梦都做到自己说出了平时说不出口的话。这个情节完全来自我自身经历。当时也是为了拉一笔赞助，别人给我出主意，和我说要给中间人好处，可我死活说不出口，最后在梦中叫了出来："你到底要多少钱！"记得最后敲定此事时我终于崩溃呕吐了。对方一看赶紧说："定了定了，就这么定了。"我直接把这种切肤体验写进了小说，就像好人经不起坏一样，雅人也经不起粗，要么在光地上摩擦而死，要么百"擦"成精，把光地给摩擦至粗。

那种看上去平湖秋月的生活，谁想得到在魂魄深处也有月黑杀人夜，风高放火天呢？萨特说人是选择的产物，但无所适从的人们，因叠床架屋的不同文明挤到一个时空里来火拼了。文化的跨度如此南辕北辙，生活在其中的人们又将何去何从呢？

只有那个已经被预支了全部命运的徐元，听得懂"平湖秋月"，有资格悄吟：

> 秋之水兮，其色幽幽。
> 我将济兮，不得其由。
> 涉其浅兮，石啮我足。
> 乘其深兮，龙入我舟。
> 我济而悔兮，将安归尤。

归兮归兮，无与石斗兮，无应龙求。
……

2023年10月5日

附录

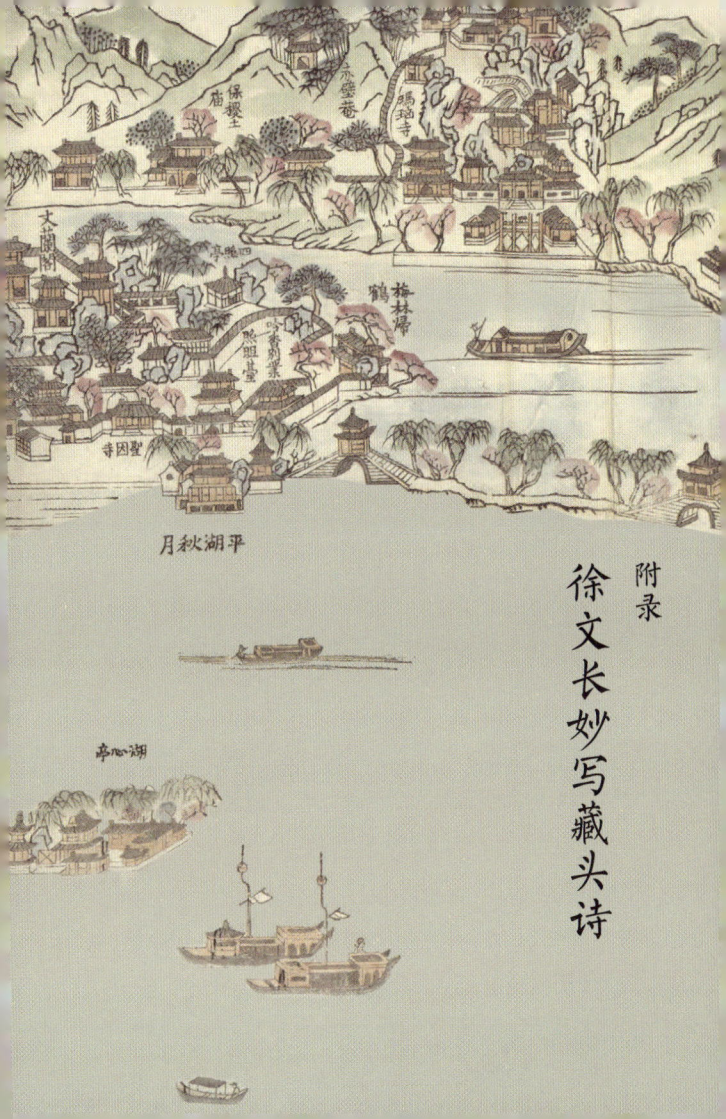

徐文长妙写藏头诗

平湖秋月是西湖十景之一，秋日赏月的最佳之处。原先，这里称为孤山望湖亭。

这一年八月十五的中秋佳节，绍兴才子徐文长正在杭州。他本来独自一人在天竺的岣嵝山房饮酒赏月，几杯闷酒下肚，有些醉眼蒙眬。忽然，想起诗友们说过西湖孤山望湖亭是赏月的好地方，就趁着月色，踱着方步，向孤山望湖亭走来。

徐文长走走停停，一面欣赏着西湖月色，一面吟着咏月诗句，不觉已来到望湖亭前。这是一座临湖建筑，据全湖之胜，东可望湖滨，西可达苏堤，南可至南屏，整个外湖景色尽收眼底。这时，一轮皓月当空，风清清，水碧碧，远山蒙纱，近树笼烟，使人如置身于琼楼玉宇之中。他不禁诗兴勃发，画意盎然。

这时，猛听得望湖楼里传出一片吟诗声。徐文长一看，亭子里面坐满了人，桌上红烛高照，摆满了西瓜、红菱、月饼等各式时鲜果品酒肴，还有笔墨纸砚。看样子，是一群文人雅士在这里饮酒赏月，赋诗作画。徐文长信步走了进去，想看看热闹。

望湖亭里，果然是西泠诗社的文人雅士在

饮酒赏月，正喝得兴高采烈，见有个陌生人进来，顿时没了声息。主持人见徐文长身穿青衫，头戴方巾，一副文士打扮，虽然衣着简朴，但雅而不俗，仪态从容，觉得不可怠慢，就起身把手一拱，招呼说："今日中秋佳节，我们西泠诗社社友，特在此饮酒赏月，作画吟诗。兄台如有雅兴，不妨稍坐片刻，以便求教。"说罢，将手向四壁挂着的书画一挥。

　　徐文长慢步绕亭一周，向四壁诗画略略扫了一眼，发现尽是平庸之作。主持人见他一言不发，又没有马上离开的意思，就故意刁难他说："兄台文质彬彬，定是行家里手，今日萍水相逢，我等三生有幸，乞望作画题诗，以开我等眼界，为中秋雅集增色。"说罢，嘿嘿冷笑了几声。

徐文长看罢诗画,原想稍停一会儿就走,见他们有的面露骄矜之色,有的发着冷笑,心想:好吧,我正愁没有纸笔抒怀,何不借此凑凑热闹,逗趣他们一下。他也不谦让,来到书案前,将雪白的宣纸一铺,手执羊毫湖笔,饱蘸浓墨,刷刷几笔,天上出现了一轮圆月;又刷刷几笔,水中也映出圆月一轮;然后嚓嚓几笔,远处山色朦胧,近处湖亭跃然,湖上一叶扁舟,一渔翁在月影之中独酌。

这时,西泠诗社文士都围上来观看。见徐文长顷刻之间画好了一幅"平湖秋月"图,水墨写意,落笔不凡,都十分惊讶。主持人看徐文长画得不错,想试试他的文才,就请他在画

上题诗一首。徐文长也不推辞,提起笔来就写了两句:

  天上一轮圆圆月,
  水中圆圆一轮月。

"'天上一轮圆圆月,水中圆圆一轮月。'哈哈,这也算诗吗?"文士们正议论间,只见徐文长又提笔写下两句:

  一色湖光万顷秋,
  天堂人间共圆月。

文士们大吃一惊。他们原以为下面写不出

什么好句子来，没想到徐文长这么一转一收，四句连起来一读，真是奇句妙文，情景交融，禁不住同声叫好："佳句，佳句，不知兄台来自何处？我等失敬！"

徐文长朝大家一笑，又提笔写了一首七言绝句：

平湖一色万顷秋，
湖光渺渺水长流。
秋月圆圆世间少，
月好四时最宜秋。

文士们一看，这首诗写得别致。每句头一个字特别大，连起来一读，竟是"平湖秋月"

四字,原来是一首藏头诗。大家都拍手称绝,要徐文长留下高姓大名。

徐文长并不回答,只一笑,踏着月色而去。